JN175057

ザ・ドキュメント 否認

能勢警部補の捜査術

深沢敬次郎

元就出版社

まえがき

人はさまざまな経験をしているが、それがプラスになることもあればマイナスになったりもする。失敗を成功のきっかけにする人もいれば、いつまでも引きずって堕落の道を歩む人もいる。病気は医師によって治療することができるが、アルコールやギャンブル依存症などになると自分で治すほかはない。犯罪を犯してしまえばどんなに悔いても取り消すことはできず、罪科の汚名を着せられることになりかねない。

わたしは十八歳のときに軍人を志願し、昭和十九年の四月に陸軍船舶特別幹部候補生隊に入隊した。挺進隊が発足すると否応なしに組み込まれ、ベニヤ板の舟艇に二五〇キロの爆雷を搭載して夜陰に乗じて敵の艦船に体当たりする訓練を受けた。沖縄の慶良間諸島の阿嘉島に派遣されたが、翌年の三月二十三日から始まった敵の激しい空爆により、秘匿壕の舟艇が破壊されて出撃が不能になった。二十六日の早朝、水陸両用戦車を先頭にしてアメリカ軍が大挙して上陸してきたが、わが軍には迎え撃つ武器はなかった。第三十二軍司令部に対し、全員玉砕するとの打電をして夜間の斬り込みを敢行したが、敵の堅塁を陥れることができなかった。数日間の戦闘によって多数の死傷者を出したが、アメリカ軍が島から撤退すると飢えとの闘いになった。

　桑の葉やツワブキなどの雑炊で飢えをしのいでいると、「島の一木一草を無断で採取した者は厳罰に処する」との布告が出された。六月になると食糧も限界に達するようになり、捕虜になった将校の仲立ちによってアメリカ軍との間で休戦協定が結ばれた。島民と朝鮮人の軍夫のみ投降が認められたが、軍人は飢えとの闘いをつづけなければならなかった。八月に入ると逃亡する兵隊が出たり、マラリアで死亡したり、餓死者が出るようになったとき戦争が終わった。

　捕虜になって屋嘉収容所に入れられると、日本の軍隊の組織は作用しなくなっており、戦時中に部下をいじめた上官が仕返しされる光景を目の当りにした。体力が回復すると強制労働に従事するようになり、多くの将兵に接して片言の英語にジェスチャーを交えながら会話をした。捕虜の意見を受け入れて上官に抗議する監視の兵隊がいたり、キャッチボールの球が柵の外に出たとき拾ってくれた巡視の将校もいた。鉄柵に囲われた一年三か月の捕虜生活はとてつもなく長く感じられたが、アメリカ人と日本人の考え方の違いを知っただけでなく、地位も名誉もない裸の生活を経験することができた。

　二十一歳の誕生日に復員したが、就職難のために巡査を志願して警察学校に入って民主警察の道を歩むことになった。教科書は役に立たなくなっており、法令も大きく変えられる運命にあった。食糧の不足を補うために河原の開墾をしたり、燃料も不足していたから山の木を伐採するなどした。こんなときに潤いをもたらしてくれたのが大学教授の講義であり、倫理学や法医学や考古学などを学んだが、心理学の教授からは「相手の立場に立ってものを考えなさい」と教えられた。

交番に勤務するとキャスリーン台風に見舞われ、徹夜の警備に当たったり、アメリカ軍の基地の警備に当たるなどした。もっとも苦手にしていたのが職務訊問やヤミ米の取り締まりであり、巡査が勤まるだろうかと思ってしまった。警察法が改正されて国家地方警察と自治体警察に二分されると、山の中の小さな町の警察署に転勤になった。辞めたくなったので父親に話すと、辞めるのはいつでもできるし、若いときにはいろいろと経験しておくものだと諭されていやいやながら赴任した。

事件や事故が少なかっただけでなく、図書館や娯楽施設がなかったから時間を持て余すようになった。退屈しのぎに読書会に入って輪読し、会員からすすめられた一冊の本を読んだとき全身が震えるほどの感動を覚えた。デモの警備をしていて「政府のイヌ」とののしられたこともあれば、労組の委員長と囲碁友達になったりした。聞き込みにいって開拓団の人たちの苦労話を聞かされたり、別荘の著名な作家や学者から貴重な話を聞く機会に恵まれると本の虜（とりこ）のようになった。

都市の警察署に転勤になると留置場の看守になり、さまざまな留置人を取り扱うようになった。すべて呼び捨てにしていたが、公職選挙違反で収容された村長さんを呼び捨てにすることができなかった。同じ留置人なのに差別することができず、それからはすべての留置人に「さん」を付けて呼ぶことにした。その後、鑑識や捜査内勤になったが昇任する気にはなれず、社会勉強がしたくなったので希望して交番勤務になった。

　管内には映画館もパチンコ店もあったし、土曜や日曜になると露店が出るなどして賑わいを見せていた。酔っぱらいや夫婦げんかの取り扱いに悩まされたり、交通違反の取り締まりで抗議されたりした。事件や事故を取り扱って多くの人に接し、巡回連絡をしてさまざまな家庭のあることを知った。売春防止法が施行される直前であり、立入調査をして一人の売春婦から身の上話を聞かされて花柳界の一面を知ることができた。

　本部勤務となったががり勉が好きになれず、三度めの挑戦で巡査部長に昇任した。交通主任になって交通事故の処理をしたが、容易に過失を明らかにできるものもあれば、被害者の一方的な過失と思われるものもあった。どんなに重大な事故であっても故意か過失がなければ罰せられず、物事を客観的に判断する習性を身につけることができた。

　警部補に昇進して捜査係長になったとき、「わたしの人生は付録みたいなものだ」と考えて自分の道を歩くことにした。各署を転々としてさまざまな事件や事故を取り扱い、多くの人に接していろいろ学ぶことができた。犯罪の捜査は犯人と刑事の戦いみたいなものであり、創意工夫や捜査技術が求められていた。金銭欲や性的な欲望を満たすための犯罪は少なくないが、それにブレーキをかけているのが刑罰であった。学ぶことはないと思っていた被疑者からは貴重な経験を聴かせてもらい、捜査に役立てることができただけでなく反面教師とすることもできた。

　捜査二課の係長になると、知能犯や暴力団犯罪に取り組むことになった。警察権は民事に介入できないという原則があるため、民事を装った詐欺事件の取り扱いに苦慮させられた。犯罪の疑いがあって捜査しても参考人にウソをつかれたり、偽造された書類を見抜けずに捜査が空回りしたこともあった。品物であればニセモノであるか本物であるか鑑定によって明らかにできるが、善人か悪人か見分けるのは容易ではなかった。さまざまな被疑者を取り調べると犯人の心理や犯行の手口がわかり、それを捜査に役立てることができた。暴力団の犯罪捜査では、人の弱みをつかんでは脅していた実態やヤミの部分を明らかにすることができた。選挙違反や贈収賄事件の捜査では、政治とカネの結びつきや政界の裏事情などを知ることができた。

　自転車で捜査に出かけて橋を渡っていたときに顔面にしびれを覚え、医師の診察によって顔面神経マヒとわかった。満足に休むことができなかった身と心を休めたくなり、早期に退職することにした。はっきりしたプログラムがなかったため、ドライブや読書をしたり、テレビを見るなどしていたが、だんだんと物足りなさを覚えてきた。日記帳やスクラップなどを整理しながら原稿を書いていたとき新聞の地方版で取り上げられ、地元の出版社から出版することができた。それが親本になって大手出版社の文庫本になったため、再就職を考えず気の向くままに原稿を書きつづけることにした。

　この「否認」は、捜査二課に勤務していた八年間に取り扱ったおもな事件記録である。戦争や捕虜の体験がなかったり、読書をつづけることができなかったら原稿を書く気になれなかったかもしれない。三十年以上も前の出来事であり、現在の事情と異なっているが、犯罪の本質や取り調べの仕方には大きな差はないのではないか。さまざまな経験が糧になり、考えながら捜査をしてきた一人の警察官の物語として読んでいただけたら幸いです。

『ザ・ドキュメント　否認』――目次

コンサルタント

春の人事異動に伴って高前署内の配置換えがあり、能勢警部補は捜査一課から二課の係長になった。手形パクリ事件の捜査が終盤に差しかかっており、前任者から事務の引き継ぎを受けたが内容が込み入っていたからよく理解できない。主犯者には詐欺の前科があり、他の二人もブローカーのような存在であったから起訴されるものと思っていた。どんな理由かわからないが処分保留で釈放され、知能犯捜査のむずかしさを思い知らされた。

それから半年ほどしたとき、大里市の有限会社村田衣料の社長から告訴があった。

「清水物産に三十万円相当の作業衣を販売したのですが、会社が倒産したため代金を受け取ることができなかったのです」

提出された告訴状を手にすると、あて先が大里署長から高前署長に変更されていた。

「どうしてあて名を変更したのですか」

「大里署に告訴したところ、警察は民事事件に介入することができないと言われたのです。どんなに説明しても受け付けてもらえず、社長の住所が高前市になっていたのでやってきたのです」

「商取引であるか詐欺になるか、それは捜査しなければわからないことなんです。犯罪であると思えば捜査することにしますが、どんな取引だったか話してくれませんか」

「いままで一度も取引はなかったのですが、営業担当の高橋という人が見えたのです。『清水物産は各地の農協とタイアップして事業の拡張をしているところですが、おたくの製品を業界誌で知ったのです。現物を見せてもらって販売ルートに乗せられるかどうか検討したいと思っています』と言われて三種類の作業衣を見せたのです。手にすると、『これなら農家の人によろこばれますし、この三種類が欲しいのですが』と言ったのです。手形で支払うと言ったので少しばかり不安でしたが、高橋という人を信用して作業衣を売って手形を受け取ったが不渡りにされてしまったのです」

一人で判断することができないため、事件の概要を課長に報告して指示を仰いだ。

「この種の事件にあっては、民事で争うと費用と時間がかかるため告訴してくる者がいるんだよ。大里署で民事と判断したというが、商取引であればどんなに捜査を徹底しても犯罪を証明することはできないんだよ」

課長は手形パクリの反省があったらしく、このように言った。

「犯罪の疑いがあれば捜査することになっており、犯罪なのに告訴を受理しないと職務放棄にひとしくなってしまうんじゃないですか」

たらい回しのようなことはしたくなかったため、能勢警部補はこのように言った。

「このような事件の捜査は、時間がかかってしまうだけでなく犯罪の立証がむずかしいんだ。他に大事な事件もあることだし、できることなら告訴を取り下げるように話してくれないか」

「警察で受け付けられなければ検察庁に告訴すると言っているんですよ」

「そんなことをされたんじゃ警察のメンツにかかわることになり、とりあえず署長の指揮を受けることにするか」

責任を回避するため署長に報告して指揮を受けると、告訴を受理して捜査するように指示された。

能勢警部補はさらに告訴人から事情を聞いた。

「高橋という人はどんな人でしたか」

「年齢が三十五歳ぐらいで背が高く、顔にホクロがあったような気がします。いろいろの業界のことにくわしく、取引の条件について話し合ったところ手形の支払いになったのです。信用できる会社かどうか確かめるため取引銀行を通じて調べてもらったところ、心配はないとの回答だったのです。額面が三十万円の手形を受け取って作業衣を渡すと白のライトバンに積んでいったのです」

事件のあらましがわかったので有限会社清水物産の登記簿謄本を取り寄せると、役員に名を連ねていたのは妻と親族だけであった。社長の清水鎌助さんの所在が不明であったため、真野刑事が実家に戻っていた妻の喜代子さんから事情を聞くことにした。

「喜代子さんは役員になっているけれど、どんな仕事をしていたのですか」

「名前だけの役員であり、会社の仕事にタッチしたことはありません」

「社長さんがどこにいるかわかりませんか」

「わかりません」

なんの手がかりを得ることもできず、能勢警部補は清水物産が当座勘定取引をしていた豊富銀行西部支店を訪れた。

「清水物産が不渡り手形を出しており、被害者から告訴があって捜査しているところなんです。どのような営業をしていたかわかりませんか」

「長年の取引がありますが、いままで一度もトラブルを起こしたことはないんです。当座預金を見ると売上げは順調に伸びていたし、まじめな社長だったからどうして倒産したかまったくわからないのです」

「預貯金や当座勘定取引について知りたいんですが」

「個人のプライバシーに関することであり、申し上げることはできません」

「それでは書面を持参しますから回答してくれませんか」

翌日、「捜査関係事項照会書」を持参して書面による回答を求め、普通預金や定期預金や当座預金の写(うつし)を提出してもらった。普通預金の残高はゼロになっており、定期預金は解約されて当座預金の残高は二十五円となっていた。

「取引が停止になったのはいつですか」

「先月の五日でした」

「当座預金の写を見ると、取引が停止になる直前に百万円が入金され、その翌日に百万円が引き出されていますが、このことはわかりませんか」

「当座の残が少なくなったとき清水社長から百万円の入金がなされ、求めによって小切手帳と手形帳を各一冊を渡したのです。するとその翌日、清水社長の委任状を持ってきた渡辺幹男という男が百万円を引き出していったのです」

「渡辺という人は何か話をしていましたか」

「込み入った事情があると思ったので話を聞いたのですが、何も話しませんでした」

「どのような人でしたか」

「年齢が三十五歳ぐらいでやせ型で背が高かったと思います」

「頬にホクロがありましたか」

「覚えておりません」

渡辺さんが書いた受領書には住所が記入されていたが、そこには該当者はいなかった。近所の人に聞いても三十五歳ぐらいで背の高い人はおらず、犯罪歴の有無を照会したが該当者はいなかった。

村田衣料を訪れた高橋さんと西部支店を訪れた渡辺さんの人相が似ていたが、同一人物であるかどうかはっきりしない。清水喜代子さんに尋ねると、従業員のなかで知っていたのは経理担当の野間さんだけであった。

真野刑事が野間さんを訪ねて事情を聞くことにした。

「清水物産には高橋や渡辺という姓の者や三十五歳ぐらいで背が高く、顔にホクロのある人はいませんか」

「おりません」

「社長さんの所在がわからないんですが、会社ではどのような営業をしていたのですか」

「おもに日用雑貨品を取り扱っており、衣類を取り扱ったことは一度もありません」

「どうして清水物産が倒産したか、わかりませんか」

「営業は順調にいっていたようでしたし、手形の管理はすべて社長がしていたから、どうして倒産したのか見当がつきません」

言いづらいことがあるらしく、きわどい質問には言葉をにごらせていた。

清水物産の取引先がわかったため、真野刑事がその人たちから事情を聞くことにした。

「清水物産が倒産していますが、手形を受け取っていませんか」

「十年以上前から取引があり、いままで一度もトラブルを起こしたことはなかったのです。手形は不渡りになってしまいましたが、社長はまじめな人でしたし、どうしてこのようになったのかわかりません」

どの取引先の人の話も似たようなものであり、計画倒産や放漫経営でもなさそうだった。清水社長から事情を聴こうと思ってもいまだ所在がわからないし、だまされたという作業衣がどこに処分されたかもわからない。

捜査が行きづまったとき、西島家具店から被害の届け出があった。美山巡査部長は詐欺被疑者の取り調べをしていたし、手の空いた刑事がいなかったため、能勢警部補が取り調べを中断して話を聞いた。

「土屋という人に高級な応接セットを売り、清水物産の手形を受け取ったが不渡りにさせられたのです。清水物産の事務所はすでに閉鎖されており、だまされたと思ったので届け出ることにしたのです」

「どのような取引でしたか」

「清水物産の社員の土屋という人が見え、この応接セットが欲しいのですと言ったのです。初めての客であったためクレジットをすすめたところ、会社の手形で買いたいと言ったのです。清水物産が信用できる会社だったため、額面七万五千円の手形を受け取って応接セットを売ったのです」

「土屋光一郎という人の人相や特徴はわかりませんか」

「年齢が四十歳ぐらいで話し方になまりがあったから土地の人ではないと思います」

清水物産には土屋という社員はおらず、偽名かもしれないと思いながら犯罪歴の有無を照会した。同姓同名の人が二人いたが、一人は二十五歳だったので四十二歳の男の写真を取り寄せた。数枚の写真とともに西島社長に閲覧させると、迷うことなく土屋さんの写真を取り上げた。

真野刑事が土屋さんの身辺捜査をすると、ギャンブルが好きであり、あっちこっちで借金していることを聞き込んだ。さらに捜査をつづけて金を貸している人を見つけることができたので、その者から事情を聞くことにした。

「土屋という人に金を貸している話を聞いたのですが、それは事実ですか」

「貸したことがあります」

「いつごろ、どんな理由で貸したのですか」

「二か月ほど前に見え、『職業安定所に求職の申し込みをしているが、働けるようになったら返済するよ』と言ったので二十万円を貸したのです」

「土屋さんとはどのような関係にあるんですか」

「言いにくいことですが、刑務所にいたときからの知り合いです」

「貸した金は返済されましたか」

「いまだ返してもらっていません」

時崎さんから話を聞くことができたが、被害の届け出をしようとしなかった。

真野刑事が県内の三か所の職業安定所を調べたが、土屋光一郎の名前の求職の申し込みはなされていなかった。

さらに捜査をつづけると、同様の口実で二十万円の現金を貸した会社員がいた。その者も返済を期待していたらしく被害の届け出をしようとしない。

詐欺の疑いが濃厚になってきたため、ふたたび時崎さんから事情を聞くことにした。

「土屋さんはほかでも同じようなことを言って金を借りているし、職業安定所に求職の申し込みをした様子も見られないんです。それでも返済を期待していますか」

「そのような事情があれば被害の届け出をすることにします」

土屋さんが清水物産の社員を名乗り、応接セットをだました疑いがますます濃厚になってきた。犯罪が成立するためにはだます意思があったことや、返済の能力がないことを証明しなくてはならず、土屋さんから事情を聴くほかなかった。

所在を捜していたところ、駅前の簡易旅館に宿泊しているとの情報を得たために張り込み、出てきたのを見つけて職務質問をした。

「あなたは土屋光一郎さんですね」

「いや、違いますよ」

「ここに写真がありますが、それでも違うというんですか。応接セットをだました疑いがありますが、それに間違いありませんか」

「あれは買ったものであり、だましてはいませんよ」

「いつまでもここで事情を聴いていることもできず、本署まで来てもらえませんか」

「いやだね」

任意同行を求めることは、刑事にとっては日常茶飯事であったが、土屋さんは拒否していた。

「いやだと言っても、土屋さんには詐欺の疑いがあるんですよ。疑いを晴らしたかったら警察署まで来てくれませんか」

説得に応じた土屋さんであったが、どこまでが任意であり、どこから強制になるか線を引くのはむずかしかった。

本署で能勢警部補が事情聴取をした。

「清水物産の社員と名乗って手形を使い、応接セットをだましたことはありませんか」

「だましてなんかいないよ。あれは買ったんだ」

「手形はどこで手に入れたんですか」

「経営コンサルタントの渡辺という人から買ったんだ」

「いくらで買ったんですか」

「五万円で買ったよ」

「その手形が落ちると思っていましたか」

「渡辺という人は間違いなく落ちると言っていたし、落ちると思ったから買ったんだ」

「その五万円はどこで手に入れたんですか」

「友達から借りたんだ」

土屋さんは応接セットをだましたことは認めなかったが、容疑が濃厚になったため課長が逮捕状の請求をし、裁判官から逮捕状が発せられた。

「土屋さんの意に反するかもしれないが、逮捕状が出たので逮捕することにします。何か弁解することはありませんか」

「あれは正規の取引であり、逮捕されるいわれはないよ」

「弁護士を頼むことができますが、どうしますか」

「金がないから頼めないよ」

「これから取り調べをしますが、言いたくないことは言わなくても結構です。本籍や、住所や、氏名、生年月日をおっしゃってください」

「みんな警察でわかっていることじゃないか」

「学歴や経歴について話してくれませんか」

「言いたくないね」

「三年前に刑務所を出ていることがわかっていますが、それから何をしていましたか」

「言いたくないね」

「渡辺という人から手形を買った状況についてくわしく話してくれませんか」

「話したくないね」

「すると、話しにくいことがあるんですか」

「おれは好き好んで警察にやってきたんじゃないよ。詐欺になるかどうか、それを調べるのが警察の仕事じゃないのかね。どのように追及されようとも、だましていないんだからだましたと言うことはできないね」

　詐欺の疑いで逮捕したが徹底的に否認しており、翌日、身柄が検察庁に送られて検察官の取り調べでも否認していた。検察官が勾留請求をし、裁判官から十日間の勾留状が発せられたため、引き続いて取り調べをした。

土屋さんは無職であっただけでなく、知人から借金を重ねていた。働いてから返すと主張していたが、だます意思があったかどうかは本人にしかわからないことであった。

「清水物産の社長さんを知っていますか」

「会ったことはないよ」

「ふたたび尋ねるが、清水物産の手形を手に入れたとき、落ちると思っていましたか」

「落ちると思わなければ手に入れることはしないし、使うこともしないよ」

毎日のように取り調べをしたが否認の姿勢に変わりはなかった。勾留期限の残りが少なくなったとき、検事さんから課長に電話があった。

「否認しているだけでなく、応接セットの行方がわからなくては起訴がむずかしい。二十万円をだまし取った容疑で再逮捕したらどうかね」

検事さんから指示されたため、逮捕状を得て再逮捕した。

「今度は二十万円をだまし取った容疑で逮捕するが、弁解することはありませんか」

「これは友達から借りたものであり、返済するつもりだよ」

「無職で収入がないのにどのようにして返済するつもりですか」

「働いてから返すつもりだったよ」

「二人の被害者には、職業安定所に申し込んでおり、働いたら返すと言っているようだが、どこの安定所に求職の申し込みをしましたか」

「覚えていないね」

「行ったか行かなかったか、それも覚えていないんですか」

「行かなかったよ」

「どうしてウソをついたのですか」

「そのときは行くつもりだったが、行けなかったんだ」

「土屋さんは前回も寸借詐欺で捕まっているが、今回も同じような手口じゃないか」

「手口が同じだからだましたというのかね。どのように言われようと借りたものだから、だましたとはいえないね」

「いくら借りたと主張しても、返済できる能力もあてもないことになれば、だましたことになるんじゃないのかね」

「結果的にはだましたことになるが、借りるときはだます気はなかったんだ」

「前に逮捕されたときも、同じような弁解をしていたじゃないか」

「そんなことまで調べてあるんですか。清水物産の手形が安く売られていることを知り、実家の両親が応接セットを欲しがっていたため買ってあげたいと思ったんだ。友達から金を借りて手形を手に入れ、応接セットを買ったことは間違いないが、それがどうして犯罪になるんだね」

「犯罪になると思っていなかったとしても、友達にはウソをついて金を借りて手形を手に入れていたではないですか。手形は不渡りになってしまったし、借りた金を返済するつもりだと言っても返せるあてはないではないですか」

「両親が応接セットを欲しがっており、買ってあげたいと思っていたんだ。安い手形が手に入ることを知り、友達から金を借りて清水物産の手形を手に入れて買い、実家の両親に届けたんだよ」

「それではだましたことになるんじゃないのかね」

「そう言われればそうかもしれないね」

このように供述したため実家にいって事情を聞き、応接セットを受け取っていた事情が明らかになった。

「西山家具店に渡した清水物産の手形は七万五千円になっているが、これはだれが書き入れたのですか」

「渡辺さんから受け取ったのは白紙の手形だったが、応接セットを買うときにおれが書き込んだんだ」

「ふたたび尋ねるが、応接セットを買うときに手形は落ちると思っていたのですか」

「清水物産がどんな会社かわからなかったし、白紙で売られていたから落ちるとは思わなかったよ」

このように自供したため、供述調書を作成して検察庁に送った。

土屋さんが否認していたときには起訴をためらっていた検事さんであったが、自供したために三つの事件とも起訴された。

清水物産の手形の流れの一部がわかったが、いまだコンサルタントの渡辺さんがどんな人物かわからない。清水物産の社長と渡辺さんがどんな関係にあるか知る必要があり、全力をあげて二人の行方を捜すことにした。

清水社長の行方を捜していたところ、中井市でホステスと暮らしているらしいとの情報を得た。中井市には十数軒のバーやキャバレーがあったが、ホステスの名前がわからない。知らない土地のために業者の協力が得られず、捜すのは困難であったが、何度も足を運んでいるうちにホステスの店名がみさ子さんとわかった。所在を突き止めることができたので周辺で張り込むと、清水社長らしい男が出入りしていることがわかった。事情の聴取に手間どると思われたため、翌朝、みさ子さんの自宅を訪れた。

寝ぼけ眼（まなこ）の顔を見せたため、能勢警部補は警察手帳を示し、清水さんはおられますかと尋ねると、なぜか返事を渋っていた。

「きのう、清水さんがいたのを確認しているんです」

「昨夜は遅かったものだから眠っており、すぐに起こしてきます」

清水社長は背広に着替えてから姿を見せた。

「清水物産がたくさんの不渡り手形を出しており、そのことについて事情を聴きたいので高前警察署まできていただけませんか」

清水社長が警察車両に乗り込んだが、事件のことには触れずに世間話をしながらどんな人物か観察した。人をだませるようなタイプの人ではないと思われたが、人は見かけによらないということもあり、取り調べながら明らかにすることにした。

一時間ほどして本署に着いたとき、何か食べますかと聞いたが、食べたくないと言った。

「清水物産の手形を使った人の詐欺事件の捜査をしていますが、手形がどのように使われていたか調べているんです。清水物産の社員の高橋や土屋を名乗っていましたが、そのような社員はいましたか」

「おりません」

「どうしてその人たちに手形が渡ったのかいまだわからないのです。西部支店から受け取った手形帳はどのように管理していましたか」

「すべてわたしがやっていました」

「清水物産の当座預金を調べたところ、本年の八月二十日に百万円が入金されて翌日に百万円が引き出されていますが、そのことを説明してくれませんか」

「当座の残が少なくなり、不渡りを出さないためにコンサルタントの渡辺から百万円を借りて入金したのです。貸した金をすぐに返してくれと渡辺に言われ、返済することができないと、手形帳を渡してくれれば金をつくってやると言われたのです。手形帳を渡せば不渡りになることはわかっていたが、強く迫られたので仕方なく渡したのです。それで済むものと思っていたところ、『おれは街の金融から百万円を借りており、すぐに返してくれないか』と言われたのです。そんな金はないと断ると、『おれが当座から降ろしてやるから委任状を書け』と脅されて書かざるを得なかったのです」

「西部支店では渡辺幹男の名で百万円が降ろされているが、それは知っていましたか」

「委任状を書いたから降ろしたものと思いました」

「脅されて委任状を渡したということですが、どうして警察に届け出なったのですか」

「脅されていたから届け出ることができなかったのです」

「土屋という人を取り調べたところ、清水物産の白紙の手形を渡辺というコンサルタントから買い取ったと言っているんですよ。手形の番号によって清水さんが八月二十日に受け取った手形であることがはっきりしたんです」

「手形帳を渡辺に渡したが、どのように使われたかわかりません」

「手形には社印が押されてあったし、使われたとき不渡りになるのはわかっていたと思うんですが」

「渡辺は融資してやると言っていたが、使えば不渡りになることはわかっていました」

「清水物産の手形で応接セットをだまし取って逮捕された者がいますが、そのことは知っていましたか」

「知りません」

　夕刻まで清水社長の事情聴取をしたが、だましていた事実を明らかにすることができなかった。はっきりしたのは借金して当座に入れ、手にした手形帳は脅されて渡辺さんに渡し、借金の肩替わりを迫られて委任状を書いていたことだった。脅されたといっても届け出はなく、供述に不自然なところが少なくなく、清水物産の手形が振り出されれば不渡りになることは承知して手形帳を渡辺さんに渡したことだった。

任意の捜査をつづけるか、強制捜査に踏み切るか検討された。ふたたび所在不明になるおそれがあり、逮捕状を請求することにしたが、犯罪の具体的な事実が判明せず、土屋さんと共謀して応接セットをだましたとした。

能勢警部補は課長に命ぜられて高前地方裁判所へいって受付に書類を提出したが、一時間以上も待たされたのになんの連絡もなかった。却下になるかもしれないと思ったとき、判事さんに呼ばれていろいろと説明した。「疑いがあるから逮捕状を出すことにしますが、晴れたらすぐに釈放してください」という条件が付けられて発せられた。

清水社長を取り調べてわかったのは、何度も街の金融で手形を割り引いては資金繰りをしていたことだった。売上代金とともに借りた金を当座に入れていたから平素より取引額が多くなっており、西部支店では業績が伸びていると思っていたらしかった。

「どうしてコンサルタントから百万円を借りるようになったのですか」

「街の金融から借りてはやりくりしていたのですが、返済が滞ったために借りることができなくなったのです。経営コンサルタントの渡辺に相談すると、なんとか都合つけてやると言って百万円を調達してくれたのです。それを当座に入れて支店長から小切手と手形帳を受け取ると、『資金の都合をつけてやるから手形帳を渡してくれないか』と言われて手形帳を渡してしまったのです」

清水社長は逮捕の翌日、高前地方検察庁に身柄が送られて検察官の取り調べを受け、裁判官から十日間の勾留が認められた。

能勢警部補は引き続き取り調べをした。

「委任状には渡辺さんの住所と名前があったが、そこにはだれも住んでいなかったよ。いまだにどこのだれかわからないが、ほんとうに清水さんにもわからないですか」

「一度、渡辺が経営しているという中央コンサルタントの事務所へいったことがあったよ。暗くなってからいったので、はっきりしたことはわからないが、駅から数百メートルいったところにマンションがあり、その向かい側の二階建ての一階の事務所だったよ」

清水社長が言った周辺を探すと、中央コンサルタントの事務所があったことがわかった。すでに経営者が代わっており、大家さんに尋ねて本名が宮田幹男であることがわかった。犯罪歴を照会すると、三年前に詐欺の容疑で逮捕されたが証拠不十分で不起訴処分になっていた。


被疑者写真を取り寄せて数枚の写真とともに村田衣料の主人に見せると、迷うことなく宮田さんの写真を取り上げた。西部支店の支店長にも見せると、委任状を持ってきた渡辺幹男と同一人物であることが明らかになり、偽名を使っていたことがはっきりした。

宮田さんが中央コンサルタントを経営した以後のことも、現在の所在もわからない。清水社長の容疑は濃厚であったが、裏づけるために宮田さんの事情聴取を欠かすことはできず、村田衣料から作業衣をだまし取ったとして逮捕状を得て行方を追った。

木崎市内の情婦のところに隠れているとの情報を得たので張り込み、家から出てきたので職務質問をした。

「あなたは宮田幹男さんですか」

「おれは渡辺だよ」

「高橋や渡辺の偽名を使っていることもわかっているんですよ」

「どんな用件か知らないが、警察に調べられることなんかしていないよ」

「清水物産の高橋と名乗り、大里市の村田衣料店から作業衣を購入していませんか」

「大里市にいったこともなければ、村田衣料なんか知らないよ」

「清水物産の社長から手形帳を受け取ったことがありませんか」

「ないね」

「いつまでもここで事情を聴いていることもできず、本署に来てもらえませんか」

「いやだけれど行くことにするよ」

宮田さんはいやいやながら車に乗り込んで本署にやってきたため、能勢警部補の取り調べが始まった。

「清水社長を知っていますか」

「知らないよ」

「清水物産の社長は渡辺さんに手形帳を渡したと言っているんだよ」

「どのように言われても、知らないものは知らないと答えるほかないね」

「村田衣料の主人は、清水物産の高橋という人から手形を受け取って作業衣をだまし取られたと言っているんだよ。写真によって宮田さんが高橋の偽名を使っていたとわかったが、それでも知らないと言うのですか」

「それは誘導尋問じゃないのかね」

「どうして答えることができないんですか」

「写真で確認したというが、見間違えることもあれば勘違いということだってあるんだ」

「ほんとうに清水物産の社長を知らないんですか」

「知らないから知らないと言っているんだ」

どのように取り調べても否認していたが、村田衣料から作業衣をだまし取った疑いが濃厚なために逮捕状を得て逮捕した。

「これから取り調べをするが、自分の意思に反して供述する必要はないことになっています。弁護士を頼みますか」

「おれは一人で戦うから弁護士はいらねぇよ」

「学歴と経歴をおっしゃってくれませんか」

「おやじが写真屋をしており、後継ぎになるために大学の写真部に入ったが、父親が病死したため退学を余儀なくされたんだ。選挙が始まっていたので手伝いをし、それから代議士の事務所の仕事をすることになったんだ。人脈を利用してブローカーになったが、それにあきたためコンサルタントになったというわけさ」

「どのように弁解するのも宮田さんの自由だが、おこなったことは変えることができないんだよ」

そのように話してその日の取り調べを終えた。

翌朝、能勢警部補の取り調べが始まった。

「夕べは眠ることができましたか」

「ぶた箱に放り込まれて眠れるわけがないじゃないか」

「村田衣料から作業衣をだましたとして逮捕したが、ほんとうに村田衣料も清水物産も知らないんですか」

「何度聞かれても、知らないものは知らないと答えるほかないじゃないか」

宮田さんは警察がどれほどの資料を持っているか瀬踏みをしているようだった。能勢警部補はさまざまな質問をし、宮田さんの出方をうかがうことにした。

午後には否認のまま身柄を検察庁に送られ、検事さんの取り調べでも否認していた。裁判官から十日間の勾留状が出たため、能勢警部補が引き続いて取り調べることになった。

「清水物産の社長の委任状を持って豊富銀行西部支店に行ったことはありませんか」

「ないね」

「西部支店に渡した受取書は渡辺幹男となっているが、筆跡が宮田さんの筆跡によく似ているんだよ、それだけでなく、写真によって渡辺幹男と宮田さんが同一人物であることもわかっているんだよ」

「筆跡が似ているからおれが書いたというんかね。どんな写真を見せたかわからないが、人違いということだってあるんだよ」

「西部支店に行ったか行かなかったか、イエスかノーで答えてくれませんか」

　このように追及するとだまってしまった。

「行ったか行かなかったか、どうして答えることができないんですか」

「清水社長に頼まれて行ったことがあるよ」

「何を頼まれたのですか」

「当座預金から百万円を降ろしてくれと頼まれ、委任状を書いてもらったんだ」

「清水社長は脅されて委任状を書かされたと言っているんだよ」

「責任逃れのためにそんなことを言っているんじゃないのかね」

「正式に頼まれたのであれば、渡辺幹男という偽名を使う必要はなかったのでないか」

　このように追及するとまたもやだまったため、話題を変えることにした。

「清水物産が資金繰りに困ったとき、百万円を貸していませんか」

「貸した金を返してくれと言うと、委任状を書いてくれたため西部支店にいって降ろしたよ。街の金融から借りていたのですぐに返済したよ」

「手形帳は受け取っていませんか」

「受け取っているよ」

「どんな理由で受け取ったのですか」

「言いたくないね」

「そのとき受け取った手形が村田衣料で使われているが、ほんとうに村田衣料に行ったことはないんですか」

「行ったよ」

「いままでどうして否認したのですか」

「どんなことをしゃべろうと、おれの自由じゃないか」

「どうして清水物産の社員の高橋と名乗ったのですか」

「清水物産の社員と名乗ったほうが都合がいいと思ったからだ」

「すると、作業衣をだまし取ったことを認めるわけですか」

「それは認められないね」

「どうしてですか」

「おれは経営者ではないからわからなかったよ」

「コンサルタントをしており、清水社長から融資を頼まれたのではないですか。めんどうをみてやるといって百万円を貸したり、金をつくってやると言って手形帳を受け取ったのではないですか。いくら清水物産の経営状態がわからないといっても、その言葉を信じることはできないね」

「だましたと言えば刑事さんがよろこぶかもしれないが、おれはウソはついていないよ」

「清水物産の社長も村田衣料も知らないといっていたじゃないですか」

　返答に困るとだまってしまったり、誘導尋問じゃないかと反発するなどしており、だましたことは認めようとしない。

「前に警察で捕まったとき徹底して否認していたため、不起訴になったこともわかっており、慎重に捜査してきたんだよ」

「警察では犯行を認めないと否認しているというが、あれは正当な商取引だったんだ。逮捕したことが間違っていたから起訴できなかったんだ」

「村田衣料から購入した作業衣はどのように処分したのですか」

「迷惑をかけるから言えないね」

　雑談にも乗ってこなくなり、取り調べが行きづまってしまった。資料を突きつけるとだまってしまい、取り調べは難航した。

「きょうの取り調べはこれで終えることにするが、どのようにするのがベストであるかよく考えてくれないか」

　翌日、取り調べを再開した。

「黙秘することもウソをつくことも否認することも宮田さんの自由だが、警察では詐欺の容疑で逮捕しているんだよ。商取引であるか詐欺になるか、それは宮田さんが決めることではないんだよ。起訴するかどうかは検察官が決めることだし、起訴になれば有罪か無罪か法廷で決められることになり、宮田さんが決めることできないんだよ」

「だれがどのように決めようとしも、商取引だと主張するのは当然のことではないか」

「コンサルタントだという宮田さんは、どのような仕事をしてきたのですか」

「資金繰りに困った経営者を援助するため、いろいろのことをやってきたよ」

「手形をパクるのもコンサルタントの仕事ですか」

「警察ではすぐにパクったというが、取引には多少のウソがつきものなんだよ。おれは清水物産に多額の金を貸し、その金を回収したのがどうして犯罪になるんかね」

「清水物産の落ちない手形であることを承知して土屋さんに売りつけていたではないですか。宮田さんも手形を使って村田衣料から衣料をだまし取っており、どのように弁解ができるのですか」

「清水社長は人に迷惑をかけたくないから落とすと言っており、落ちるものと思っていたから使ったんだ」

　毎日のように取り調べをし、同じような質問で同じような答えが返ってきていた。取り調べる者と取り調べられる者の立場は異なっていたが、人と人との会話をつづけていたために妙な人間関係が生まれるようになった。

「どのような弁解をしようと自由だけれど、ウソをついて他人をだますことはできても、だれも自分をだますことはできないんだよ」

　このように話すとだまってしまい、何か考えているようだった。

「どんなことを考えても、おこなったことは取り消すことができないんだよ」

「いままで徹底して否認していたが、このような取り調べをされたんじゃ、いつまでもしらばくれているわけにいかなくなったよ」

「それではほんとうの話をすることができますね」

「大学に入ったときに推理小説に取りつかれてしまったんだ。ブローカーになったことは前にも話したが、そのとき世の中のいろいろの仕組みを知ったんだ。金もうけのために危ない橋を渡って警察に捕まったが、商取引だと主張したため不起訴になったんだ。コンサルタントになったが、まともな仕事だけでは食っていくことができなくなったんだ。懇意にしていた街の金融から名簿を手に入れ、資金繰りに困っている人たちを助けてやろうと思ったんだ。二つの会社の仲介をして融通手形を振り出させ、手数料を稼いだりしていたんだ」

「清水物産ではどのようにしていたのですか」

「街の金融の話によって資金繰りに困っていることを知り、融資の話を持ちかけるとすぐに乗ってきたんだ。街の金融から百万円を借りて貸し付け、委任状を書かせて貸した金を取り戻し、融資をしてやるからと言って手形帳を手にすることができたんだ」

「清水社長は脅されて手形帳を取り上げられたと言っているんだよ」

「すべて清水社長が承知していたことであり、脅してはいないよ」

宮田さんと清水社長の話に食い違いがあり、改めて清水社長の取り調べをすると、責任逃れのためにウソの供述をしていたことがわかった。

宮田さんの供述によって清水物産の手形の売り先が明らかになり、その人たちから事情を聞いた。手形を街の金融で割り引いた者もいれば、物品の購入をしていた者もいたが、手形は落ちると思っていたと供述している者が多かった。

このために課長が担当の検事さんに問い合わせた。

「だました疑いがあっても、手形が落ちるものと思って使用していたとなると起訴することはできないんだ。そうかと言って認めた者だけを起訴するとなると公正さを欠くことになるし、その点を考えてくれないか。暴力団がからんでいたり、悪質と思える者だけに絞って捜査をしたらどうかね」

ほとんどが参考人としての事情聴取となり、刑事事件としての処罰を免れることができたが、民事の責任を負わなければならなかった。

商取引か詐欺かわかりにくい事件であっただけでなく、捜査する方も手形の知識が乏しかった。試行錯誤の捜査であったが、逮捕した三人がいずれも起訴になり、三か月におよんだ捜査を終えることができた。

ニセモノ

ニセモノか本物か、それは鑑定によって明らかにすることができる。ところが人間になると、善人であるか悪人であるか見定めるのは容易ではない。世の中には、まじめそうでふまじめ人がいたり、ふまじめそうでまじめな人もいる。知能犯罪者になると見かけは立派そうに振る舞っているし、暴力団になると一見してヤクザとわかったりする。どんなに悪質な行為であっても、法に触れなかったり証拠が得られないと検挙することはできない。

能勢警部補が昼食を終えたとき、質屋の主人から被害の届け出があった。

「本物のダイヤと思って質に取ったのですが、質流れしたので市場に出したところニセモノではないかと言われたのです。ニセモノかどうかはっきりしないため、調べてもらおうと思って警察にやってきたのです」

「ダイヤを質入れしたのはだれですか」

「貿易商の岸川佐知子という人ですが、派手な服装をして指にダイヤをはめていたので本物と思ったのです」

「鑑定してニセのダイヤとわかったら捜査することにします」

「では、お願いします」

岸川さんの犯罪歴の有無を調べたところ、四年前に詐欺の容疑で逮捕されたが不起訴処分になっていた。本人から事情を聴くのが手っ取り早いことであったが、正直に話すとは思われないため、ニセのダイヤがどんなものか調べることにした。

能勢警部補は市内の大きな宝石店を訪ねた。

「ニセのダイヤをつかまされたという人から届け出があり、捜査をしているところなんです。これが預かっているダイヤですが、ニセモノか本物かわかりませんか」

「わたしの店では取り扱っていませんが、これはダイヤモニアといわれているものです。正式な名称はイットリウム・アルミニウム・ガーネットといい、電子機器の部品として開発されたものです。ダイヤモンドによく似ているところから、セカンド・リングとして使用されるようになったのです」

「ダイヤとダイヤモニアはどのように区別されているんですか」

「ダイヤモニアの付属金属には『YAG』を刻印することになっているのです。ダイヤは一カラットで数十万円もしますが、ダイヤモニアになると一万円程度で手に入れることができるのです。そのため代用する人がいるため、取り扱っている店もあるのです」

「宝石類には証明するものがあるんですか」

「高価な宝石には保証書や鑑定書などが添付されていますが、まれには保証書が偽造される

 こともあるし、鑑定士による鑑定が異なることもあるのです」

「ダイヤのほかにニセモノが出回ることがありますか」

「人工処理石のブラックオパールが出回ることもありますが、これは白のオパールを砂糖液につけて硫酸をかけて炭化させたものです。石そのものは一万円程度ですが、指輪にすると数万円で売ることができるため、これも代用する者がいるのです」

「いそがしいところいろいろと教えてもらい、ありがとうございました」

岸川さんは詐欺の容疑で逮捕されたことがあったが、商取引だったと主張しつづけたために不起訴になっていたことがわかった。

岸川さんから事情を聴くために電話で呼び出すことにした。

「こちらは高前警察署の能勢警部補ですが、ダイヤを質に入れたことはありませんか」

「あります」

「そのことで話を聴きたいので、あすの九時に来てもらえませんか」

「はい、わかりました」

九時前に立派な服装にダイヤの指輪をし、高級な外車で乗りつけてきた。

「あなたが岸川さんですね」

「そうです。ここに自動車の運転免許証もありますよ」

「春木質店に入れたダイヤの指輪はどこで手に入れたのですか」

「貿易商をしていてたくさんの取引があり、だれから仕入れたかわかりませんね」

「帳簿を調べればわかるんじゃないですか」

「プライバシーにかかわることなので話すことはできません」

「どうして質に入れたのですか」

「営業資金に困ったからです」

「質流れさせていますが、それはどんな理由ですか」

「金の都合がつかなかったからです」

「質に入れたのはダイヤではなく、ダイヤモニヤという人工石とわかったのですが、そのことを承知していましたか」

「本物のダイヤと思っていたから質に入れたものです」

「指にはめているのは本物のダイヤですか」

「これは本物です」

「このダイヤモニアと比べれば、その違いがわかるのではないですか」

「宝石についてくわしくはないし、その違いはわかりません」

「質に入れたダイヤがニセモノとわかったのですが、どのようにしますか」

「それでは利息を支払って受け出すことにします」

能勢警部補はさまざまな質問をしたが、悪びれた様子も見せることはなかった。ニセモノであるかどうか知っているのは本人のみであり、さまざまな質問にも言い逃れをしていたから真実を明らかにできなかった。

詐欺事件の捜査のためにあっちこっち飛び回り、釣りがうまい会社社長を訪れた。

「どのようにしたら釣りがうまくなれるんですか」

「十数年のキャリアがありますが、いまだうまく釣ることができないんです」

「釣りの極意があったら教えてくれませんか」

「釣りを始めたばかりのときはうまく釣れなかったが、たのしみにすることができたのです。どのように釣るのがよいかいろいろ考え、データをとることにしたのです。手帳や水温計などを持っていき、どんな条件のときに、どんな餌でどんな魚が釣れるか記録していったのです。天候や時間や場所や餌や水温などによる違いがわかり、釣りの奥深さを感じるようになったのです」

「釣れないときもありますか」

「いつもデータの通りにはいきませんね。はっきりしているのは、魚がいなくては釣ることができないということです」

能勢警部補は釣りをする余裕がなかったが、この話を聞かされたときに聞き込みにも当てはまるのではないかと思った。

つぎに顔見知りになった社長の町工場を訪ねると、ニセの古銭をつくっていた。

「そのようなものをつくると、罪になるんじゃないのかね」

「部品の製造に役立てようと思って研究しているところなんです」

「これは本物の古銭のように見えますが、どのように違うのですか」

「これが本物の古銭であり、これがニセの古銭ですから見比べれば、はっきりわかるのではないですか」

「ニセの古銭を見せられれとき本物と思ってしまいましたが、見比べるとはっきりわかるものですね」

　古銭の話が一段落したため、能勢警部補は話題を変えた。

「このごろニセの事件が新聞を賑わしていますが、社長さんのところにも情報が入ってきませんか」

「又聞きの話ですからはっきりしたことはわかりませんが、ニセの版画が出回っているという話を聞いたことがあります」

「だれから聞きましたか」

「巷(ちまた)のうわさだから出所はわかりませんね」

　もっとくわしいことを知っているらしかったが、突っ込んだ質問を避けた。

　ニセの版画が出回っているとのうわさがあったが、事実であるかどうかははっきりしない。裏づけるためには現物を入手しなければならず、美術愛好家のところをめぐることにした。

「警察の者ですが、ニセの版画が出回っているうわさを耳にしたので聞き込みをしているところなんです。部屋に掲げてある洋画の風景はどこかで見たような気がするのですが、だれの作品ですか」

「わたしが描いたものですが、これはパリのモンマルトルの絵をまねて描いたものです。お巡りさんは絵をお描きになるんですか」

「絵を描く余裕はないけれど、絵を見るのも写真を撮るのも好きなんです」

絵と写真には共通している部分が少なくなく、雑談しているうちになごんだ雰囲気になってきた。

「ニセの版画のことを聞いたことはありませんか」

「ことによると友達が持っているかもしれません」

「それはだれですか」

「迷惑をかけたくないから勘弁してくれませんか」

「警察の仕事は住みよい社会にすることであり、世の中の掃除屋みたいなものなんですよ。ニセ版画が出回っているのが事実であれば犯人を検挙し、犯罪を防ぎたいと思っているのです」

「それでは友達に電話し、差し支えないかどうか聞いてみます」

捜査にかかわりたくない人は少なくないが、承諾を得られたので君田さんの家を訪ねた。

「版画を持っているということですが、見せてくれませんか」

「これが棟方志功先生の版画です」

版画を見せてもらったが、ニセモノか本物かどうかわからない。

「だれから買ったのですか」

「桐山市の珍品堂という古美術商の人からです」

「売りにきたときのことを話してくれませんか」

「二種類の版画を持ってきて、『これらは亡くなられた有名な棟方志功先生の版画であり、生活に困った家族が手放すことになったのです。百万円もする高価なものですが、このような事情があるので三十万円でお願いしたいんです』と言ったため、掘り出し物と思って二枚を買ったのです」

「ニセモノかどうかはっきりさせたいため鑑定に出したいと思っており、提出してもらえませんか」

「落款（らっかん）があるから本物と思っていましたが、はっきりさせたいので提出いたします」

　任意提出を受けた版画を棟方志功鑑定会で鑑定してもらったところ、ニセの版画であることが明らかになった。

　著作権法違反と詐欺の疑いがあったために本格的に捜査に乗り出した。証拠隠滅をされるおそれがあったため、珍品堂の主人から事情を聞くのを後回しにし、裏づけ捜査をつづけることにした。

　不動産屋が版画を購入したらしいことを聞き込んで訪ねていった。

「版画を買ったという話を聞いたのですが、現物があったら見せてくれませんか」

「これが棟方志功先生の版画ですが」

「ニセの版画が出回っているため捜査しているのですが、買ったときの事情を話してくれませんか」

「いきなり車で乗りつけ、『絵が好きだという話を聞いてやってきたのですが、格安な版画が手に入ったので見てくれませんか。これはコレクターが持っていたものですが、資金繰りに困って手放すことになったのです。百万円もするものですが特別に三十万円にしておきますから買ってくれませんか』と言ったため、棟方先生の版画にしては安いと思ったので三種類の版画を買ったのです」

「売りにきたのがだれかわかりませんか」

「桐山市の画商の西山という人ですが、年齢が四十歳ぐらいで小太りの男でした」

この版画も任意提出を受けて鑑定に出し、ニセモノであることがはっきりした。

ニセの版画を売っていたのが珍品堂の主人の吉田善太郎さんとわかり、呼び出して事情を聴くことにした。悪びれた様子も見せずに出頭してきたため、ニセと知らずに売っていたかもしれないと思った。

「棟方志功先生のニセの版画を買った人がおりますが、販売したことはありませんか」

「あります」

「版画はだれから仕入れたのですか」

「プライバシーのこともあり、話すことはできません」

「吉田さんは何年ぐらい古美術商をしているんですか」

「十数年になりますね」

「それでは絵を見る目が肥えていると思うんですが」

「いままで版画を取り扱ったことはなく、くわしくないんです」

「ニセの疑いがあるとしてキャンセルになったことはありませんか」

「ありません」

「棟方志功先生の版画がニセモノとわかったのですが、いまでも本物と思っていますか」

「ニセモノとわかっていれば仕入れることもしなかったし、売ることもしませんよ」

本物と思っていたのか、ニセモノと承知して売っていたか、それを明らかにする必要があり、販売にいたる過程を追及することにした。

「建設会社の社長さんには、『これは百万円もするものだが、資金繰りに困った家族が手放すことになり、三十万円で買ってくれませんか』と言ったと思いますが、そのことに間違いありませんか」

「どのように言ったか覚えておりません」

「それでは、『コレクターから安く仕入れることができるため安く売ることができるんです』と言ったことはありませんか」

「棟方先生の話をしたことは覚えていますが、どのように話したか覚えていません」

「本物の版画と思っていたのであればコレクターがだれか話せるんじゃないですか」

「名前を言わなかったし、わたしも聞かなかったのです」

「限定数二十五部の内第八番という署名入りの版画を売っていると思いますが、これも同じルートで仕入れたものですか」

「そのとおりです」

「画商の西山さんを知っていますか」

「知りませんね」

「競艇場の近くの青木事務所で社長さんと、西山さんと吉田さんの三人で話し合ったことはありませんか」

　このように尋ねるとだまってしまった。

「ほんとうに画商の西山さんを知らないんですか」

「その西山さんなら知っていますよ」

「どんな関係にあるんですか」

「棟方志功先生の版画を取り扱うようになってから知ったのです」

「ふたたび尋ねますが、会社員に売りにいったときキャンセルになったが、それはどんな理由でしたか」

「価格面で折り合わなかったからです」

「会社員はニセモノの疑いがあったから買わなかったと言っているのですが、どのような交渉をしたのですか」

「本物ですかと聞かれたのでいろいろ説明したが、納得してもらえなかったのです」

「そのとき版画について疑いを持たなかったのですか」

「持ちません」

「どうして持たなかったのですか」

「コレクターを信じており、ニセモノを売るとは思っていなかったからです」

「それだったらコレクターがだれか知っているのではないですか」

このように言うと、何か考えているらしくだまってしまった。

「ニセモノと承知していたか、知らずに売っていたか、それが知りたいんですよ。コレクターから話を聞けば、吉田さんの言っていることがほんとうかウソか、はっきりすると思うんです」

このように追及すると重い口を開いた。

「ほんとうの話をすると、コレクターから買ったのではなく静岡県の浅井古美術商から手に入れたものです」

「すると、そのときニセモノとわかっていたわけですね」

「わかっていたため、ウソを言って売りさばいていたのです」

「西山さんとはどんな関係にあるんですか」

「静岡の浅井古美術商に一緒にいって仕入れていたのです」

このように吉田さんが犯行を認めたため供述調書を作成し、課長が逮捕状を請求し、裁判官から逮捕状を得て通常逮捕した。

「何か弁解することはありませんか」

「ウソをついてニセの版画を売っていたことは間違いありません」

「弁護人を頼むことができますが、どうしますか」

「金がないから頼めません」

「学歴や経歴について話してくれませんか」

「地元の高校を卒業して大学で美術を学んだが　二年で中退して美術の仕事をするようになったのです。絵を書くのが好きであったが食べるのに困るようになり、ブローカーのようなことをするようになったのです」

「静岡の浅井古美術商はどのようにして知ったのですか」

「古美術の取引をしていたとき、何度も会っているうちに親しくなったのです。版画をつくっていると聞かされて見に行ったとき、さまざまな画家の版画をつくっていることを知ったのです。うまくできていたのでほめると、売れないので生活に困っている話を聞かされて売ってやろうと思ったのです」

「そのときに仕入れたのですか」

「仕入れていません」

「いつごろから仕入れたのですか」

「帰ってから親しくしていた画商の西山さんに話すと、『それを仕入れて売れば金もうけができるんじゃないか』と言われたのです。ニセモノは売れないよと言うと、『ニセのブランド商品だって売られており、模造品として売るのであれば問題はないんじゃないかね』と言ったので仕入れることにしたのです。ところが模造品とすると買う人がなく、いろいろの口実で棟方志功先生のニセの版画を売ってしまったのです」

吉田さんがこのように供述したため、自宅の捜索差押令状と西山さんの逮捕状を得ることができた。

能勢警部補らが吉田さんの自宅を捜索し、金銭出納簿や日記帳などを押収して裏づけることにした。一方、美山部長刑事らは情婦と暮らしていた西山さんに理由を告げて任意同行を求めた。

本署において美山部長刑事が西山さんの取り調べをした。

「棟方先生の版画を売ったことはありませんか」

「ありました」

「版画はだれから仕入れたのですか」

「画商だと言っていましたが、どこのだれかわかりません」

「西山さんが売ったのはニセの版画とわかったのですが、そのことを知っていましたか」

「知っていれば売るようなことはしませんよ」

「桐山市の美術商の吉田さんを知っていますか」

「知りませんね」

「それでは暴力団幹部の花形さんを知っていますか」

「その人も知りません」

「喫茶店で花形さんと話し合っているのを見た人がいるんですよ」

「人違いじゃないですか」

「吉田さんが逮捕されたことを知っていますか」

「知らないね」

「すでに吉田さんは逮捕されており、すべてしゃべったから西山さんのことがわかったのですよ。それでも吉田さんを知らないといえますか」

「どうして初めにそれを話してくれなかったんですか」

「西山さんがどれほど正直に話してくれるか、試したかったんですよ。いまでも本物の版画と思っていますか」

「吉田さんが逮捕されたんじゃ正直に話すほかないね。世間話をしていたとき金もうけの口があると聞かされて興味を持ち、一緒に静岡の浅井古美術商に出かけて行ったのです。浅井さんの作業場を見せてもらったところ、つくられたたくさんの版画があり、棟方志功先生をまねた版画もあったのです。安く手に入れることができたため、吉田さんと仕入れて売っていたことは間違いありません」

　西山さんが犯行を認めたため通常逮捕し、裁判官の捜索令状を得て家宅捜索をして棟方志功先生のニセの版画などを押収した。

二人とも勾留になったため、引き続いて二人の取り調べをした。二人の供述に矛盾がないことがはっきりし、古美術商の浅井重利さんの逮捕状と捜索令状を得て静岡に出張した。

浅井さんの自宅は郊外の閑静なところにあり、妻と二人の子どもの四人暮らしであった。

「あなたは浅井重利さんですか」

「はい、わたしが浅井重利です」

「棟方志功先生のニセの版画をつくったことはありませんか」

「あります」

すでに吉田さんが逮捕された情報を得ていたらしく、すんなりとニセの版画をつくっていたことを認めた。通常逮捕して自宅と作業場の捜索を実施し、金銭出納帳やメモや版画や道具類などを押収した。

本署に連行してきたため、能勢警部補が弁解や黙秘権のあることや、弁護人を選任できることを伝えてから取り調べをを始めた。

「経歴を聴かせてくれませんか」

「美術学校を卒業して画家を志したのですが、どんなに絵を描いても売れず生活に困るようになったのです。サラリーマンになることも考えたのですが、どうしても美術の夢を捨てることができなかったのです。決断するまでにいろいろと考え、五年前から古美術商をはじめたが生活は楽にならなかったのです」

「ニセの版画をつくるようになったのはいつごろですか」

「一年ほど前からです」

「どうしてつくるようになったのですか」

「古美術商をして立派な作品に触れることもありましたが、ちゃちな作品と思えるものにも高価な値がつけられていました。美術商の売上げが落ちて生活にも困るようになり、ニセの版画をつくることを考えたのです」

「どうして棟方志功の版画をまねたのですか」

「高価で売ることができたし、まねしやすかったからです。現物の原画は高価なために買うことができなかったため、写真集などを手に入れてまねをするようになったのです」

「どうしてニセの版画を売るようになったのですか」

「懇意にしていた古美術商の吉田さんが来たとき版画を見せると、『これは本物そっくりだから売れるんじゃないか』と言われたのです。棟方志功先生の版画だけでなく、漫画家の清水崑先生の作品をまねたりして売っていました」

「どうして棟方志功先生の版画を大量につくるようになったのですか」

「美術商の吉田さんがたくさん買ってくれたし、売れ行きが好調だったからです」

「ニセの版画はどのようにしてつくったのですか」

「写真集をまねてこつこつとベニヤ板に複製していき、失敗を繰り返しながら本物そっくりにつくれるようになったのです」

「押収した道具類はたくさんあり、一人でやっていたとは思えませんが」

「たくさんの注文があったので間に合わなくなり、女性に手伝ってもらったのです」

美山部長刑事が手伝いをした女性を呼び出して話を聞いた。

「いつごろから手伝いをしていますか」

「半年ほど前からです」

「浅井さんがつくっていた版画がニセモノと知っていましたか」

「知りませんでした」

薄々気がづいていたとしても、正直に話すことができにくい事情があったらしかった。それでも手伝いをしていた女性の話を聞くことができたため、ニセ版画づくりの全体像を明らかにすることができた。

いままでにつくられたのは、棟方志功先生と漫画家の清水崑先生の版画がおもになっていた。吉田さんは六種類一セットを四十万円で買っており、それを西山さんとともに一枚を二十万円から三十万円で販売していたことも明らかになった。

浅井さんは絵と複製用紙をガラス板の上に乗せ、下から三百五十ワットのライトをあてて下絵をなぞらえてそっくりにつくっていた。棟方志功や清水崑の署名の下に偽造した落款を押すなどし、本物に見せかける工作もしていた。

「棟方志功先生や清水崑先生のほかにも別のものがありますが、これもまねたのですか」

「同じ版画ばかりつくっていると怪しまれると思い、他の作家の版画をまねてつくる準備をしていたのです」

このように浅井さんが供述したが、これは吉田さんの供述とも合致していた。

吉田さんや西山さんの供述によって販売先が明らかになり、版画を買い受けた人たちから事情を聞くことにした。

「棟方志功先生の版画を買っていますか」

「買っています」

「現物はありますか」

「あります」

「棟方志功先生の版画がニセモノとわかったので捜査しているところなんですが、どのようにしてだれから買いましたか」

「古美術商という人が見え、『これは有名な棟方志功の版画ですが、遺族が生活に困って手放すことにしたため安く仕入れることができたのです。格別な値段にしておきますから一枚買ってくれませんか』といわれ、掘り出し物と思って三十万円で買ったのです」

「ニセモノとわかったのですが、証拠品とするので提出してもらえませんか」

「高い金を出して買ったものであり、返してもらえるのでしょうか」

「任意提出してもらって仮に還付することにしますが、必要なときには提出してもらいたいのです」

「はい、わかりました」

このように説明し、つぎつぎと版画を購入した人を訪ねては供述調書を作成していった。

鑑賞のために版画を手にした者もいれば、投機の対象として買い入れていた者もいるなどさまざまであった。落款やうまい話にだまされて購入した者もいたが、ニセモノと知らされてがっかりした者が多かった。購入した版画その物に変わりがなくても、ニセの版画とわかったとたんに鑑賞眼と価値観が大きく変化することを知った。ニセ版画の事件の捜査をして多くの人に接し、どのような人がだまされやすいか知ることができた。

ニセ版画の事件では三人が起訴されて警察の捜査は一段落したが、犯罪はつぎからつぎに発生していた。すぐに解決できるものや長期の捜査を要する事件もあったが、ニセの版画がどのような歩みをするか気になった。

質屋さんからニセの株券をつかまされたという届け出があったが、質入れをしていたのは先にダイヤモニアを質入れした岸川佐知子さんであった。

「どうしてニセの株券とわかったのですか」

「質流れをしたので本物かどうか調べ、ニセモノではないかと言われ、警察に調べてもらおうと思って警察にやってきたのです」

「ニセの株券とわかれば捜査することにしますが、見せてくれませんか」

能勢警部補が差し出された株券を見たが、ニセモノかどうかわからない。

確認のために市内の証券会社へ行った。

「この株券がニセモノがどうかわかりませんか」

「手元に株券がないからはっきりしたことは言えませんが、大手の会社の株券にしては印刷がお粗末のような気がしますね」

そのように言われ、翌日、真偽を確かめるため東京の本社へ出かけていった。

「この株券が偽造されたものかどうか、調べてくれませんか」

「これは三年前に切り替えられた旧券です。見本がありますから対象することにします」

会社の人から見本の旧券を見せられ、持っていった株券と対象したところ、素人でも分かるほどはっきりした違いが見られた。

鑑定の結果、ニセモノと判明したため本格的に捜査に乗り出した。

ニセの株券を入質していた貿易商の岸川佐知子さんは、先にダイヤモニアを質に入れたことがあった。本物と思っていたと供述し、受け出すことを約束したため事件に問うことはできなかった。

今度は偽造された株券を入質していたため、呼び出し状を郵送して任意出頭を求めた。前回と同じように高級な外車で乗りつけ、高価な衣服を身にまとってやってきた。

「この株券を入質したのは、岸川さんですか」

「わたしが持っていきましたが、何かあったんでしょうか」

「電力会社の株券を鑑定に出したところ、偽造されたものとわかったのです。だれから手に入れたのですか」

「電力会社の役員です」

「それはだれですか」

「プライバシーのことなので名前を言うことができません」

「いつごろ受け取ったのですか」

「一年以上前になります」

「受け取ったのは何通でしたか」

「全部で十通でした」

「質屋さんには三通持っていっていますが、残りはどのようになっていますか」

「家にあります」

「質流れした三通の株券はどのようにしますか」

「ニセの株券とはっきりしたのであれば受け出し、家にある残りの株券はすべて破棄することにします」

本物の株券と思っていたとすれば、あっさりと残りを破棄することは言えないのではないかと思った。ダイヤモニアのこともあったから、その話を信じることはできなかったが、どのように追及しても本物と思っていたとの主張を変えることはなかった。

前にも同じような供述をしており、容疑が消えなかったために参考人の供述調書を作成して継続捜査することにした。

それから数か月したとき、電力会社の本社から電話があった。

「先日、富田銀行の役員が当社の株券を持参し、本物かどうか調べてくれとの依頼があったのです。それは旧券に似せて偽造したものであり、高前署から照会のあった株券と同じようなものなので知らせることにしました」

このような電話があったため、富田銀行の吾川支店を訪れた。

「高前署の能勢警部補ですが、電力会社から知らせがあってやってきたのです。電力会社のニセ株券を受け取ったということですが、だれからどんな理由で受け取ったのですか」

「貿易商の岸川社長が持ってきたため、担保にして二百万円を融資しています」

「その人とはどのような取引があるのですか」

「地元の佐川代議士に紹介されたので会ったところ、貿易商をしているためか外国のことにくわしいだけでなく、政治や経済にも明るくたくさんの人脈があることを知ったのです。融資の申し込みがあったため株券を担保にしたのですが、期日になっても返済してもらえなかったのです。催促してもなしのつぶてになってしまい、株券が偽造されたものかどうかはっきりさせようと思っていたのです。東京に出張したときに電力会社にいって調べてもらったところ、偽造されたものとわかったのです」

「ニセの株券とわかったのに、どうして地元の警察署に届けなかったのですか」

「佐川代議士から紹介されていたお客さんであり、貿易商をしているというし、そのうちに返済してくれると思ったからです」

銀行に担保に入っていた株券は、先に入質されていた株券と表面はそっくりであったが裏面には工作した跡が見られた。偽造されたものであることが明らかになったため、有価証券偽造同行使詐欺の疑いで捜査を開始した。

ふたたび岸川さんの任意出頭を求めた。

「富田銀行に株券を担保にして融資を受けたことはありませんか」

「あります」

「その株券はだれから手に入れたのですか」

「電力会社の役員からです」

「その役員はだれですか」

「プライバシーにかかわることなので話すことはできません」

「前回も同じような返事をしていましたね。そのときに偽造された株券は使用できないため破棄すると約束していますが、そのことを覚えていますか」

「覚えていますが、今回の株券はそれとは違うものです」

「違うといっても裏面だけではないですか。鑑定によって偽造されたことが明らかになっているんですよ」

「今回も電力会社の役員から手に入れたものであり、本物と思ったから担保にして二百万円の融資を受けたのです」

「銀行では何度も返済を求めたというが、どうして返済しなかったのですか」

「資金の都合がつかなかったからです」

「本物の株券と思っていたのであれば、売却するなどして返済することができたのではないですか」

「仕事がいそがしくてその間がなかったのです」

どのように追及しても本物の株券と思っていたとか、電力会社の役員から受け取ったとの主張を変えることはなかった。取り調べは空回りするばかりであり、任意捜査をつづけるか、強制捜査に踏み切るか検討することになった。

能勢警部補が事件のいきさつを課長に報告した。

「佐川代議士に紹介されているというし、代議士との関係は調べてあるのかね」

「調べていませんが、これは佐川代議士には関係のないことです」

「ニセの株券と認めていればともかく、否認をしているとなると起訴がむずかしくなるのではないかね」

「起訴するかどうかは検察官が決めることですし、逮捕状を請求するかどうか、それは課長が判断することではないですか」

代議士がからんでいたためか課長は慎重な姿勢を崩さず、任意捜査の方針を変えようとしなかった。

「ニセダイヤを質に入れたときも、前にニセの株券を入質したときも本物と思っていたと主張していたんです。ニセの株券であると追及すると、利息を支払って受け出し、残りの株券は破棄すると約束していたんですよ。今回も電力会社の役員から譲り受けたと主張しているが、役員の名前を明かそうとしないのです。ニセの株券であることを承知して入質したことに間違いなく、逮捕して取り調べるほかはないと思うんです」

「代議士が関係していることもあり、大きな問題になっても困るから署長に報告して指揮を受けることにするか」

署長の指揮を受けて課長が逮捕状の請求をし、裁判官から逮捕状が発布された。

「岸川さんは本物の株券だと主張していますが、裁判官から逮捕状が出たので逮捕することにしますよ」

逮捕することを告げると動転する人もいるが、岸川さんは表情を変えることはなかった。

「これからニセの株券を使用したことについて取り調べをしますが、自己の意思に反して供述しなくてもよいことになっています」

「わかっていますよ」

「本籍や住所や氏名や生年月日についておっしゃってくれませんか」

「自動車運転免許証にある通りです」

「学歴について話してくれませんか」

「話したくありません」

「経歴はどのようになっていますか」

「それも話したくないんです」

「どうしてですか」

「先ほど、言いたくないことは言わなくてもいいと言ったじゃないですか」

「ニセの株券を担保にし、銀行から融資を受けたことは間違いありませんか」

「株券を担保に融資を受けていますが、あれは本物の株券ですよ」

「ニセの株券と承知して入質していたとして逮捕したのですが、どうして認めることができないんですか」

「本物と思っているからです」

「前に説明しましたが、ニセの株券とわかっていたのではないですか」

「わかっていれば担保に入れるようなことはしませんよ」

「佐川代議士の紹介で富田銀行と取引したということですが、代議士とはどんな関係なんですか」

「しゃべりたくないんです」

　どのように尋ねても、知らないとか、言いたくないと言うばかりであった。なんでもよいから話してくれれば裏付けることができるが、このように言われると事実を明らかにするのがむずかしい。

　この日の取り調べを打ち切って留置場に収容したが、ショックを受けている様子は見られなかった。口に合わなかったのかわからないが、留置場の食事に手をつけようとしないし、目を閉じて何かを考えているらしかった。

　翌日、裁判官の捜索令状を得て岸川さんの自宅と会社の事務所の捜索をした。

自宅にはデラックスな什器や家具などが備えつけてあり、優雅な生活をしているものと思われた。事務所にはたくさんの貴金属だけでなく、貿易商をしているためか横文字の帳簿や伝票などがあった。本物なのかイミテーションなのかわからないが、たくさん宝石類があったが、名称がわからないため押収品目録に記載することができない。宝石辞典と対照したり写真撮影するなどし、誤りのないことを確かめながら書類を作成していった。横文字で書かれた帳簿や伝票には英語で書かれたものもあったが、その他はどこの国の文字だかわからなかった。それだけでなく著名な財界人の書簡がいくつもあり、その人たちとどんな関係にあるのか想像することさえできなかった。

押収した資料はダンボール箱で三個を数えたが、偽造された株券も偽造に使われたと思える資料も発見することができなかった。

どのように取り調べても否認の態度は変わらず、相変わらず留置場の食事を口にしようとしない。しゃべらないために供述調書を作成することもできず、否認のまま身柄とともに捜査報告書などを検察庁に送致した。

検事さんの取り調べでも黙秘していたが、裁判官から十日間の勾留状が発せられたため引き続いて取り調べることにした。

言いがかりを付けられないため、能勢警部補は真野刑事を立ち会わせて取り調べをした。

「偽造された株券とわかったが、どこで手に入れたのですか」

「あれは偽造されたものではなく、電力会社の役員から譲り受けたものです」

「本物の株券と思っていたのであれば、だれから手に入れたか話せるんじゃないですか」

「プライバシーに関することであり、話すことはできません」

同じような質問の繰り返しになったが、返ってくる言葉はいたって少なかった。事件の核心については黙秘したり、知りませんと言うばかりであったから取り調べは少しも進展しなかった。ふと、ウソも千回くり返せば真実のようになると言った詐欺師の言葉を思い出し、取り調べのむずかしさを思い知った。

　変化のないような毎日であったが、連日のように取り調べをしていると、だんだんと岸川さんの人となりがわかるようになった。どのようにして否認の壁を打ち崩すことができるか、手を変え品を変えるなどしたが効果はなかった。

「前に事情を聴いたとき、ニセの株券を使うと罪になると話しましたが、どうしてふたたび使ったのですか」

「今度は前のとは違うんです。香港へいけばニセ札やニセの株券をつくることを商売にしている人がおり、そこにいけばどんなものでも手に入れることができるんですよ」

「すると、香港で手に入れたのですか」

「わたしが銀行に担保に入れた株券は、電力会社の役員から手に入れたのです」

「岸川さんが担保にした株券は、偽造されたものであることがはっきりしているんですよ。岸川さんが偽造したか、偽造された株券を譲り受けたかどちらかと思うんです。本物と思っていたのであれば、だれから譲り受けたか話せるんじゃないですか」

「どのように言われようとも、わたしが担保にしたのは電力会社の人から譲り受けたものであり、プライバシーにかかわることなので名前を言うことはできません」

「電力会社のだれから受け取ったか話してくれれば、岸川さんの話がウソかどうかはっきりするんですよ」

「それはできません」

「岸川さんは偽造した株券を使った容疑で逮捕されているんですよ。身の潔白を晴らしたいと思ったら正直に話せるんじゃないですか」

「わたしはウソをついていないし、正直に話しているつもりです」

　取り調べには任意性が求められていたが、拘束されていた岸川さんにどれほど自由があるかわからない。能勢警部補が厳しい取り調べを避けていたのは相手の気持ちを考えていたからであったが、岸川さんがどのように受け取っていたかわからない。

　勾留期限が切れて再度の勾留が認められたとき、検察庁から語学の堪能な若い検事さんが応援に見えた。

　横文字の帳簿や伝票の調べをした。

「英文だけはなんとかわかったのですが、フランス語やロシア語の文字となると理解できなかったのです。中近東の国との貿易関係の書類もたくさんありましたが、肝心の偽造の株券の参考になる資料は見当らないんです」

　検事さんの話を聞いてからふたたび岸川さんの取り調べをしたが、このときは真野刑事の立ち会いはなかった。

「外国の文字の書類がたくさんあるけれど、語学はどこで勉強したのですか」

「アメリカの大学に入学したときに英語を学び、貿易商をしながらさまざまな外国語の勉強をしたのですよ」

「アメリカの生活は何年ぐらいでしたか」

「十二年ほどでした」

「それでは〝ガッテン〟という言葉を知っていますか」

「係長はおかしな言葉を知っているんですね」

「沖縄の戦いに参加してアメリカ軍の捕虜になり、一年三か月ほど強制労働に従事してたくさんのアメリカ軍の将兵に接したのです。ジェスチャーを交えて片言の英語で話をしたとき軍人が使っており、アメリカ人と日本人の考え方に違いを知ったんです」

　このような話をするとだんだんと打ち解けてきた。

「ぼつぼつ、ほんとうの話をしてくれませんか」

「いままで話したことがほんとうのことですし、わたしはウソは言っていません」

　どのように追及しても偽造したことを認めようとしない。

　真野刑事が偽造された株券について調べると、精巧な複写機があるために偽造が容易であることがわかった。引き続いてだれが株券を印刷したか捜すなどした。

「おたくで電力会社の株券を印刷したことはありませんか」

「貿易商の岸川という人に頼まれ、電力会社の株券の裏面だけ印刷したことがあります」

「いつごろ頼まれたのですか」

「ここに領収書がありますが、それより一週間ほど前に見えたのです」

電力会社の株券の裏面のみ印刷していた事実が明らかになったため、そのことを追及することにした。

「いくら電力会社の人から譲り受けたと言っても、岸川さんが株券の裏面だけ印刷した会社がわかったのですよ。それでも認めることができないんですか」

「印刷会社の人がどのように話したかわかりませんが、電力会社の人から譲り受けたものに間違いないんです」

能勢警部補は多くの被疑者を取り扱ってきたが、証拠を突きつけて追及しても、絶対に認めない被疑者がいた。どのような信念の持ち主かわからないが、いろいろのタイプの被疑者のいることを知っていた。説得に説得を重ねて事実の解明に努めたが、どのようにしても否認の厚い壁を破ることはできなかった。

取り調べは進展を見せないため報道機関への発表もひかえられていたが、一人の記者にかぎつけられたため発表せざるを得なくなった。

広報官から発表の原案をつくるように言いつけられたため、逮捕事実のみにすることにし、取り調べにあっては否認を貫いているとした。

　翌日、各紙を読み比べたところ、大きく取り扱ったものもあれば、片隅に載せたものもあり、取り扱いに濃淡のあることを知った。

　新聞で報道されると、新聞を見たというふとんメーカーの社長さんが見えた。

「岸川社長が捕まったという新聞を見てやってきたのですが、わたしのところでは二十枚の羽毛ふとんを頼まれてつくったのです。『外国から入金になったら支払います』と言って外国為替のコピーを渡されたのですが、支払ってもらえるかどうか不安になったのでやってきたのです」

「外国為替のコピーというのはありますか」

「これが渡された外国為替のコピーです」

　提出された外国為替の英文を英和辞典によってひもといたが、わかったのは一部に過ぎなかった。銀行に保管されていた現物とコピーを照合すると、改ざんがはっりしたのが金額欄の数字であった。鑑定によって事務所のタイプライターと同じであることがわかり、私文書偽造行使の疑いでも捜査することにした。

　再勾留が残り少なくなったとき、担当の検事さんから課長に電話があった。

「ニセの株券については容疑はあるが、否認しているため起訴を見合わせることにし、為替伝票を改ざんしたことがはっきりしたから再逮捕して取り調べたらどうかね」

私文書偽造同行使詐欺で逮捕状を得たため通常逮捕した。

「今度は為替伝票の偽造で逮捕することにしたが、弁解することはありませんか」

「伝票は偽造してはいませんよ」

「ふとん業者に為替伝票のコピーを渡しているではないですか」

「渡していますが、金が入ったら支払うつもりでいますよ」

「その伝票の金額欄の数字が改ざんされているんですよ。事務所のタイプライターを使ったと思われますが、書き直してはいませんか」

「それは警察で調べればいいことじゃないですか」

「羽毛ふとんの注文をしていますが、それはにわとりの羽ではないですか」

「それだって羽毛ではないですか」

「ふたたび尋ねますが、ふとんの代金を支払うことができるんですか」

「東京にある土地を処分すれば一億円以上になると思いますし、代金を支払うことができるんですよ」

資産がないと言っていたが、この時期に話が出たものだからウソではないかと思ってしまった。念のために登記簿謄本の写を取り寄せたところ、都心に岸川佐千子名義で登記されていた土地があった。

「土地のあることがわかったが、どのようにして手に入れたのですか」

「言いたくありません」

「すでに謄本の写を取り寄せて調べてあるんですよ」

「それだったら答える必要はないじゃないですか」

「土地を処分すれば支払いが可能かもしれないが、文書を偽造した事実を変えることはできないんですよ。だれから為替伝票を手に入れ、どうして金額欄を書き直したかそれが知りたいんです」

「アメリカの業者のだれから受け取ったか覚えていません」

「伝票の金額欄の数字は岸川さんのところにあったタイプライターと同じなんですよ。だれが改ざんしたか、それが知りたいんです」

「どうしてわたしの事務所のタイプライターと決めつけるんですか。認めれば係長がよろこぶかもしれないが、認めることはできませんね」

岸川さんはダイヤモニアを入質したときも本物のダイヤだと主張し、さまざまな資料を示しても株券を偽造したことも認めない。私文書偽造については証拠をつきつけても、のらりくらりと言い逃れをするばかりであった。

さらに裏づけ捜査をすすめると、どんな印鑑でもつくる便利屋のいることがわかった。

「電力会社の社印の作成を頼まれたことはありませんか」

「有名な会社の印鑑を頼まれたのでおかしいと思ったことを覚えています。名前は聞いていませんが、ダイヤの指輪をしていた四十歳ぐらいの女性でした」

「どのようにして印鑑をつくったのですか」

「わたしは仲介の仕事をしており、株券を持ってきたため社印のコピーをしてメーカーに送ってつくってもらって手数料を受け取っただけです」

印鑑をつくっていたルートが明らかになり、岸川さんの取り調べをした。

「電力会社の株券を印刷していたところもはっきりしたし、電力会社の印鑑をつくっていたルートもわかったんですよ。いくら株券を偽造していないと言い張ってもこれだけの証拠があるんですよ」

「どのように言われても、偽造していないんだから偽造したとは言えないね。犯罪になるというんなら警察で証明すればいいことじゃないですか」

「確かにそうだが、勾留期間が満期になれば起訴されるか釈放されるか、いずれかになるんです。一か月も取り調べをして岸川さんの気持ちが少しはわかるようになったが、いまでも自分のやってきたことが正しいと思っているのですか」

このように話すとだまってしまった。

「病気は医師によって治すことができますが、ギャンブルやアルコール依存症などは自分で治すほかないんです。岸川さんがどんなことを考えているかわからないが、自分のやってきたことが善いことか悪いかはわかっていると思うんです。いまだわからないのは、どうしてたくさんの外国語を話すことができたり、大学の教授や財界人から書簡が来ていたり、都内に土地を持っているかということなんです」

「それは想像に任せます」

以前は話したくないと言っていたが、今回は想像に任せますとなっていた。

「岸川さんがどんな生き方をしてきたか想像するしかできませんが、逮捕されて、これからどのように生きたらよいか考えたことはないんですか」

このことを尋ねると、知りませんとか、覚えていませんと返事ができなくなってだまってしまった。

「自分のやってきたことが悪いことだと思ったら、すべてを正直に話して出直すことを考えたらどうですか。まじめに生きようと思っても過去を清算しないと、だましの人生をくり返すようになるのではないですか」

岸川さんがどのように受け止めたかわからないが、反抗の姿勢を示すことはなかった。

どのように説得しても否認の態度を変えることはできなかったが、拘留期限が切れると二つの事件とも起訴された。

「近いうちに拘置所に移ることになると思いますが、どのように生きるのがよいか、そのことを考えたらどうですか」

「先日、話したくないと言いましたが、話しておきたいという気になったのです。いままでだれにも話したことはないのですが、大学を受験するために戸籍謄本を取り寄せたところ養女になっていたのです。実の両親でないことがわかって大きなショックを受け、食事も睡眠も満足に取ることができず、自殺まで考えるようになったのです。このことを心配した育ての親が実の父親に知らせると、実の父が見えていろいろと身の上話を聞かされたのです。わたしの将来のことを心配し、アメリカの大学に留学させてくれたし、卒業すると資金を出してくれたので貿易商をすることができたのです。社会のことがわからないのに多くの人に接するようになり、だまされているうちに商売のやり方がわかるようになったのです。取引には駆け引きが大事であり、だましたりだまされたりしていたとき詐欺で警察に捕まったのです。父が知り合いの弁護士を頼んでくれたため起訴されに済んだのです。そのときにわたしのことを心配してくれた父の友人の財界人や、大学の教授から励ましの手紙が送られてきたのです。もっと話したいことがありますが、これでナゾが解けたでしょうか」

「いろいろの事情のあることはわかったが、まじめに生きようと思ったら裁判でほんとうの話をすることですね」

最後まで否認を貫いていた岸川さんであったが、このような話を聞かされて否認を貫いていた理由を理解することができた。

拘置所に移ると岸川さんからひんぱんに詩と手紙が送られてきたが、ひまにまかせてつくったものか、心情を吐露したものかはっきりしなかった。取り調べに人間味を感じましたとあったとき、更生できるかもしれないと思った。

詐欺請負人

世の中にはたくさんの犯罪が発生しているし、犯人もさまざまである。刑事にはベテランも新米もいるため捜査技術に巧拙があり、一つのミスが致命的になることもある。知能犯には組織的なものもあれば個人的なものもあるし、大企業もあれば零細企業もある。ペーパーカンパニーやトンネル会社などになると、参考人の話にウソがあったり、偽造された文を利用したりするため立証が容易ではない。

犯罪の捜査はナゾ解きゲームのようであったり、犯人との戦いみたいなものであった。法を犯した犯人を法を守りながら追い詰めていくため、さまざまな法令を身につけていなくてはならない。刑事が任意と思っていても相手は強制されたと思うかも知れず、取り扱いに苦慮させられる。犯罪はつぎつぎと発生しているため、一つの事件の捜査に専従していることができにくかった。

郊外にダイニチ食品が設立されたが、店舗がなかったから営業内容がわからない。二か月ほどしたとき事務所の金庫が破られ、木島社長から被害の届け出があった。

「けさ、事務所に行くと窓ガラスが破壊されており、金庫にあった八百余万円が盗まれていました」

捜査一課員が現場に急行して実況見分をすると、窓ガラスは破壊されて中型金庫がバール様のものでこじ開けられていた。鑑識係が写真撮影をなし、金庫などから多数の指紋を採取するなどして捜査が開始された。

周辺の聞き込みをしたが不審者を見た者はなく、土地鑑があるか流しの犯行か、わからない。金庫破りや事務所荒らしの前歴者を洗い出すなどしたが、犯人に結びつく資料を得ることはできなかった。暗中模索のような捜査がつづいていたとき、ダイニチ食品に菓子を納めた業者から届け出があった。

「埼玉県の株式会社須永食品のセールスですが、ダイニチ食品にお菓子を納めて集金にきたのですが事務所が閉鎖されているのです。だまされたかどうかはっきりしませんが、どんな会社か調べてもらえませんか」

「警察ではどんな会社か調べることはできませんが、どのような取引だったか話してくれませんか」

「注文の電話があったのは先月の二十日でした。『こちらは高前市のダイニチ食品ですが、おたくのお菓子を試食させてもらったところ、味がよいだけでなく、値段も手頃でした。観光地のみやげ店やホテル向けにぴったりですし、これから取引をさせていただけないでしょうか』という電話があったのです。どんな会社かわからないために断ったところ、わたしが留守にしていたとき社長が注文を受けてしまったのです。翌日、ダイニチ食品にS印の干菓子三十箱を納品し、事務員の町田とい人から受領書を受け取ったのです」

「その後は取引はなかったのですか」

「二週間ほどしたとき、『旅館やホテルに納めたところ大変に評判がよく、すぐに売り切れてしまったので三十箱の追加をお願いしたいのです』との電話があったのです。取引をつづけたらよいかどうか判断するため、集金かたがた様子を見ようと思ってやってきたところ閉店になっていたわけです」

詐欺の疑いがあったために被害の届け出を受理し、捜査を開始することにした。

セールスから提出された受領書には有限会社ダイニチ食品のゴム印があり、社長の名の記入はなかったが町田の印があった。

「品物を受領した町田というのはどんな人でしたか」

「三十歳ぐらいの色白の女性でした」

「事務所にはだれがいましたか」

「三十五歳ぐらいの背の高い男がいただけでした」

「事務所には商品などがありましたか」

「机やロッカーなどはありましたが、そこでは商売をしていなかったようです」

ダイニチ食品がどんな会社か知るため、真野刑事が事務所を貸している大家さんから事情を聞いた。

「テナント募集の張り札をしておいたところ、木島という人が見えたのです。話し合って月に十万円で貸すことにしたのですが、家賃をもらったのは二回だけでした。集金にいって閉店していたことを知り、どうして閉店したか聞くために木島社長の住所を訪ねたが、そこにはだれも住んでいなかったのです」

真野刑事が付近の聞き込みをすると、事務所の金庫が破られたことを知っていた者はいたが、どのような営業をしていたか知っている者はいなかった。

数日すると、栃木県の漬け物業者のセールスから被害の届け出があった。

「ダイニチ食品に集金にやってきたのですが、事務所が閉鎖されていて中の様子はまったくわからないんです。だまされたかどうかはっきりしませんが、だまされたような気がするので届けることにしたのです」

被害の状況は須永食品と同じようなものであり、取り込み詐欺の疑いがますます濃厚になってきた。ダイニチ食品は登記がなされておらず、真野刑事が付近の聞き込みをしたが、商品を販売していたのを見た者はいなかった。若い男が白のライトバンに荷物を積んでいるのを見た人がいたがどこのだれかわからない。

捜査一課と共同して捜査をしていると、金庫破りに虚偽の疑いがあったので木島社長から事情を聞こうと思ったが所在がわからない。受領書に押されていた町田さんの住所がわからず、市内の電話帳を調べると町田牲が十八名いた。

「こちらは高前署の真野刑事ですが、ダイニチ食品に勤めていた人はおりませんか」

このようにつぎつぎに電話をし、ダイニチ食品に勤めていた町田しげ子さんを捜し出すことができた。

「ダイニチ食品にだまされたという人から届け出があり、どうして事務所が閉鎖されたか知りたいので警察まで来てもらえませんか」

「出かけることはできません」

「どうしてですか」

「営業のことはまったくわからないんです」

「受領書に町田さんの印鑑が押してあり、そのことを聞きたいのですが」

さまざまな理由で拒否していたが、ねばり強く説得すると出頭することになった。

「町田さんは、いつからいつまで働いていましたか」

「本年の一月から三月まででした」

「どのような仕事をしていましたか」

「電話当番みたいなものであり、商品が届けられると受取書を渡すなどしていました」

「だれが注文していたかわかりますか」

「事務所にいたのはわたしと社長だけでしたが、わたしは商売にタッチしていなかったし、社長が注文の電話をしたのを見たこともありません」

「入荷した商品はどのようにしていましたか」

「事務所に入荷するとわたしが受領し、社長がどこかに電話すると若い男が白のライトバンでやってきて引き取っていきました。どこの人かわかりませんし、運ばれた商品がどのように売られていたかもわかりません」

「会社の書類を調べたいのですが、提出してもらえませんか」

「社長の了解がなくてはできません」

「社長さんから事情を聞きいのですが、連絡は取れますか」

「会社の金庫が破られた日からは社長に会っていないのです」

「金庫の大金が盗まれたということですが、どこから集金したかわかりますか」

「店では商品を売っていなかったが、社長がどのように集金していたかわかりません」

これが事実であるかどうかわからなかったが、営業の一端がわかった。

その翌日、所在がわからなかった木島社長が自ら捜査二課にやってきた。

「警察では詐欺の疑いで捜査しているということだが、おれはだますようなことはしていないよ。商売をつづけようと思っていたが、金庫の大金を盗まれて資金繰りができず閉鎖せざるを得なかったんだ」

「盗まれた大金はどこから集金したものですか」

「そんなことより、早く窃盗犯人を捕まえてくれないか。そうすれば会社を再建することができるんだ」

「窃盗事件の捜査は一課でやっているが、だまされたという被害の届け出があっから捜査二課でも捜査しているんですよ。せっかく来てもらったのだから、どのような営業をしていたか聞かせてくれませんか」

「商取引なのにどうして犯人扱いするんだね。きょうはいそがしくてそんな間はないね」

「それでは、あすの十時ではどうですか」

「あすにならなければわからないが、とりあえず来ることにしておきますか」

出頭の約束をしたがその日は姿を見せず、つぎの日もやってこなかった。社長の自宅に電話したが通ぜず、交番の巡査に調べてもらうとだれも住んでいないことがわかった。

ダイニチ食品の事務所が閉鎖されていたため、つぎづきに被害者から届け出があった。その手口はいずれも同じようなものであったが、北海道や九州の警察からも問い合わせの電話がかかってきた。

「こちらは長崎署だが、高前市のダイニチ食品に生鮮等食品を納めた業者から詐欺の被害の届け出があったが、どんな会社ですか」

「取り込み詐欺の疑いで捜査しているところであり、合わせて捜査することにしますから被害の書類を送ってくれませんか」

高前署に届けてあったものは直接事情を聞き、遠方の被害者については所轄の警察署にも「捜査嘱託書」を郵送して被害書類の作成を依頼した。

だんだんとわかってきたのは、日もちのする菓子類はダイニチ食品に送られ、生鮮食品は築地市場の「広田倉庫気付」でダイニチ食品あてに送られていたことだった。注文の仕方が少しは異なっていたが、すべて同じようなパターンであった。

ダイニチ食品ではだれがどこで注文していたかわからないし、大金が盗まれたというのも詐欺師が使う常套手段であった。いままでにこのような事件の捜査をしたことはなく、ナゾは深まるばかりであった。

すべてを調べることはできなかったが、観光地や温泉旅館などに販売された形跡は見当たらない。県内のバッタ屋をシラミ潰しに調べたが、帳簿を記載していなかったり、担当者が辞めたなどの口実で捜査の協力を得ることができなかった。

美山部長刑事が築地市場に出かけ、「広田倉庫気付」の担当者に事情を聞くことにした。

「ダイニチ食品で注文した生鮮食品が送られてきていると思いますが、どのような取り扱いをしていましたか」

「ダイニチ食品あてに生鮮食品が送られてくると、すぐに高前市のダイニチ食品に電話したのです。すると田口という人がダイニチ食品の木島社長に頼まれたといい、ライトバンで引き取りに来たので倉敷料（くらしきりょう）を受け取って商品を渡していました」

「田口という人の住所はわかりますか」

「聞いていないのですが、最初に商品を渡すときにナンバーだけチェックしておきました。帳簿を調べると横浜の六七〇二号になっており、その車を運転してきた人が田口という人だと思います」

それらの事実がわかったので供述調書を作成した。

神奈川県警に自動車のナンバー照会をすると、所有者が横浜市の堀田治夫となっていた。

田口と名乗った人物と同じであるかわからないため、堀田治夫さんの戸籍謄本を取り寄せた。両親は三年前に協議離婚しており、堀田治夫さんに犯罪歴はなかったものの、父親の岩倉満男さんには詐欺と業務上横領の前科があり、三年前に出所していた。

岩倉さんの被疑者写真を取り寄せ、数枚の写真とともに事務員の町田さんに見せた。

「この写真の中に見覚えがある人はいませんか」

「この人がどうかはっきりしませんが、川崎ナンバーの黒っぽい外車で一度だけ見えたことがあり、その人のような気がします」

築地の「広田倉庫気付」から生鮮食品を受け取っていたのは、田口と名乗った男であった。そのときに堀田治夫所有のライトバンが使用されていたことがはっきりしたが、同一人物かわからないために堀田さんに電話して確かめることにした。

「こちらは高前警察署の美山ですが、あなたは堀田治夫さんですか」

「はい、そうです」

「築地市場の広田倉庫から生鮮食品を引き取ったことがありますか」

「ありません」

「それでは、田口という人を知っていますか」

「知りません」

「かさねて尋ねますが、ほんとうに築地市場の広田倉庫から生鮮食品を引き取ったことはないんですか」

「ありません」

「堀田さんが所有している白のライトバンをだれかに貸したことがありますか」

「ありません」

「だれにも貸したことがないとすると、自動車だけが築地市場の広田倉庫から生鮮食品を引き取ったことになってしまうんですよ。そのようなことはできないことだが、ほんとうに築地市場の広田倉庫にいったことがないんですか」

「ありました」

「事情を聴きたいので高前署まで出頭してくれませんか」

「それでは、あす伺うことにします」

堀田さんが出頭してきたため、美山部長刑事が事情を聴いた。

「築地市場の広田倉庫からダイニチ食品あてに送られた生鮮食品を受け取っていたのは間違いないんですね」

「間違いありません」

「どのような商売をしているのですか」

「生鮮食品を仕入れて店で販売したり、業者に卸したりしていました」

「どうしてダイニチ食品と取引するようになったのですか」

「ある人に紹介されたからです」

「ある人とはだれですか」

「名前をいうことはできません」
「それでは岩倉満男さんを知っていますか」
「知りません」
「戸籍謄本によると、岩倉満男さんは堀田さんの父親になっていますが、その人を知らないんですか」
「わたしの父親ですが、離婚して別居しています」
「どうしてダイニチ食品と取引するようになったのですか」
「父親から紹介されたのです」
「どのように紹介されたのですか」
「ある人と共同でダイニチ食品を設立し，築地市場の『広田倉庫気付』で送らせるから引き取ってくれといわれたのです」
「築地市場に入荷したことをどのようにして知ったのですか」
「ダイニチ食品の木島社長から電話で知らされていました」
「どのような電話があったのですか」
「品名や数量や仕入れ価格を知らせてきたため、仲間相場で買い受けていました」
「仲間相場はいくらですか」
「仕入れ価格の半値です」
「代金はどのようにしていましたか」

「銀行を通じてダイニチ食品に送金していました」

「父親の紹介だというが、取引のことで父親と話し合ったことはありませんか」

「ありません」

築地の倉庫に入った生鮮食品については販売ルートの一部はわかったが、ダイニチ食品に入荷した商品がどのようになっているか、いまだはっきりしない。

バッタ屋に流れていると思われたため、ねばり強く聞き込みをつづけると、白のライトバンを運転して売り込みにきたのが若い男とわかった。どこのだれかわからないため、ふたたび町田しげ子さんに尋ねることにした。

「ダイニチ食品の商品を運んでいたのがだれか、ほんとうにわからないんですか」

「滝沢村の藤山という人だと思います」

前には知らないと言っていたが、ふたたび尋ねられてこのように言った。

藤山さんの身元がわかったため、確認のために電話をした。

「高前署の真野刑事ですが、ダイニチ食品の商品を運んだことはありませんか」

「あります」

「ダイニチ食品にお菓子をだまされた人から届け出があり、捜査しているところなんです。くわしいことを聞きたいのですが、捜査二課まで来てもらえませんか」

「はい、わかりました」

藤山幸治さんが出頭してきたため、真野刑事が事情を聞いた。

「どうしてダイニチ食品の商品を運ぶようになったのですか」

「木島社長に頼まれたからです」

「木島社長とはどのような関係にあるのですか」

「木島さんが家具屋をしていたとき取引があったからです」

「社長の木島さんがどこにいるか、知っていますか」

「知りません」

「ダイニチ食品の商品をどこに運びましたか」

「木島社長から電話があるとライトバンで荷物を受け取りにいき、あっちこっちのバッタ屋に売っていました。県内ではジーエスというバッタ屋に何回か運び、都内の春山と渡瀬という商店にも運んだことがありました」

「観光地や温泉旅館などに運んだことはありませんか」

「ありません」

「取引の条件については、木島社長から知らされていましたか」

「わたしの判断でバッタ屋を探して仕入れ価格の半値で現金で売っており、代金は受け取った翌日に木島社長に手渡して手数料をもらっていました」

　藤山さんがこのように供述したため、裏づけをとることにした。

　真野刑事がジーエス商会の経営者から事情を聞いた。

「ダイニチ食品と取引はありますか」

「担当の係が辞めてしまい、取引があったかどうかわかりません」

「帳簿はつけていないのですか」

「現金で安く仕入れて現金で安く売ることをモットーにしており、いちいち帳簿に記載しておりません」

「それでは金銭出納簿もつけていないのですか」

「一日の仕入れと売り上げはきちんと記載しています」

このように言われ、ダイニチ食品との取引の有無を明らかにできなかった。

都内の春山商店については美山部長刑事が事情を聴取した。

「ダイニチ食品とは、どのような取引になっていましたか」

「藤山さんから現金で購入していただけであり、ダイニチ食品とは関係がありません」

「取引価格はどのようになっていましたか」

「そのときどきに値段を決めていましたが、現金取引だったのでできるだけ安く仕入れていました」

このように言って仕入れ台帳を示したため、取引の内容がはっきりした。

ダイニチ食品が仕入れていた商品の販売ルートがわかり、温泉地やみやげ店に売られていないことがはっきりした。いまだわからないのはだれが注文をしていたかであったが、だんだんと岩倉さんらしいことがわかってきた。

観光地や温泉のみやげ店で販売するといつわり、菓子類の仕入れをしていたことが明らかになった。県内や都内のバッタ屋に仕入価格の半値ほどで販売しており、取り込み詐欺の容疑が濃厚になった。木島社長の所在は依然として不明であり、金庫の大金を盗まれたという事件も虚偽の申告の疑いがあった。捜査をつづけても新たな証拠を得るのが困難であり、任意捜査をつづけるか、強制捜査に踏み切るか二者択一を迫られた。

捜査担当者によって検討がなされたが、このような場合には責任者の意向に従うケースが多かった。出世の早い者ほど捜査経験が少なく、階級が実力や人格のバロメーターでないことがわかっていた。

最初に課長が発言した。

「長期間の捜査によって事件の輪郭がわかってきたが、だれが注文していたか、いまだわからない。犯罪を証明するために欠かすことができない重要なことであり、そのことを明らかにするためには捜査をつづけるしかない」

そのことに納得できなかったため、能勢警部補が発言した。

「木島社長はどこにいるかわからないし、たとえ所在がわかって呼び出しても応じるとは思えません。任意捜査をつづけるには限界があり、だれが注文したかわからなくても木島社長の容疑は濃厚であり、逮捕状を得て指名手配するほかはないと思います」

「逮捕状を請求することはできるが、犯罪の決め手がなくては裁判官が令状を出すかわからないではないか。逮捕しても否認されると起訴がむずかしいし、はっきりした証拠をつかむように努力してくれないか」

「起訴するかどうかは検察官が決めることですが、逮捕状を請求するかどうかは、課長が判断することではないですか」

課長が捜査に慎重だったのは、手形パクリの事件で証拠不十分で不起訴になった苦い経験があったからだった。

「ダイニチ食品の犯行は巧妙であり、金庫の大金が盗まれたというのも詐欺師の常套手段なんです。仕入れた商品を半額で転売して、代金はまったく支払わずに雲隠れしており、取り込み詐欺であることがはっきりしているんです。課長が判断できないんなら捜査のベテランの署長の指揮を仰いだらどうですか」

能勢警部補の意見に反発することができず、署長の指揮を受けることになった。

いままでの捜査の経過が課長を通じて署長に報告されていたため、指揮を受けて木島社長の逮捕状の請求となった。能勢警部補が裁判所にいって受付に請求書を提出したが、ややっこしい事件のためか、かなり時間を待たされ、逮捕状が発せられたため全国に指名手配して追跡捜査をつづけた。

妻のところに立ち寄った様子はなく、占い師となって印章会社で働いているらしいとの情報を得た。さらに捜査をつづけて勤め先を突き止めることができたが、この会社にはたくさんのセールスがいた。

都内のデパートで営業していることがわかり、美山部長刑事らが出張した。

一階のフロアの片隅で礼服をまとい、天眼鏡を片手に客の手相を見ていた人がいたが、ヒゲを生やしていたから確認できない。持参していった写真と見比べると別人のように見えたが、男が立ち上がったとき顔の特徴が見られた。

「警察の者ですが、あなたは木島さんですか」

「いや、違います。わたしは野中です」

「野中という偽名を使って働いていることがわかっているんです。ここに写真もありますが、それでも人違いというのですか」

「どんな用事ですか」

「お菓子をだましたとして逮捕状が出ていますが、このことに間違いありませんか」

「あれは商取引であり、だましてはいませんよ」

「それではどうして偽名を使って逃げていたのですか」

「暴力団に追われていたから偽名を使っていたが、それが罪になるんかね」

商取引だと主張していたが、取引のあったことを認めたため、犯罪事実の要旨を告げてその場で通常逮捕した。

本署に連行されてきたため、能勢警部補が取り調べをした。

「最初に伺いますが、お菓子をだまし取ったことは間違いありませんか」

「あれはまともな商取引なんだ。逮捕するなんて筋違いというもんだ」

どんな魂胆なのかわからないが、いきなり大きな声で反発してきた。

「耳は悪くないし、そんなに大きな声を出さなくても聞こえますよ。弁護士を頼むことができますが、どのようにしますか」

「金がないから頼めないよ」

少しばかりトーンが落ちてきた。

「これからお菓子をだまし取ったことについて取り調べをしますが、自己の意思に反して供述しなくてもいいことになっています」

「わかったよ」

「住所はどこですか」

「会社の寮の住み込みだよ」

「前科はありませんか」

「交通違反で調べられて罰金を取られたが、そのほかにはないね」

「学歴をおっしゃってくれませんか」

「商業高等学校を卒業したよ」

「卒業してからどのようなことをしていましたか」

「父親がやっていた家具の手伝いをしていたが、二年前に倒産してしまったんだ。多額の負債を抱えてしまい、再建しようと思って友人に相談すると、経営コンサルタントを紹介してくれたんだ。その人の話を聞いたところ、経営のことだけでなく政治や経済の知識が豊富であり、指導を受けてダイーチ食品を始めたんだ」

「経営コンサルタントはどこのだれですか」

「名前を言わなかったし、聞かなかったからわからないね」

「紹介してくれた友人はだれですか」

「迷惑をかけたくないから言えないね」

「どのようにして会社をつくったのですか」

「会社はおれの名義にしてコンサルタントと共同で経営することになったんだ」

「そのときどんな約束があったのですか」

「月に五十万円の報酬を支払ってくれれば、仕入れから販売まですべて仕切ってやるよと言われたんだ。コンサルタントに任せておけばうまくいくと思って承諾したが、営業が順調だったとき金庫破りに大金を盗まれて計画が狂ってしまったんだ。盗まれた大金が戻ってくれば再建も可能だから早く犯人を捕まえてくれないか」

「窃盗は捜査一課の担当だが、二課では詐欺事件の捜査をしているんだよ。金庫破りに大金を盗まれたというが、どこで集金したのですか」

「そんなことより、早く犯人を捕まえてくれないか」

大金を盗まれた質問には答えたくなかったらしく、話をそらしてしまった。

「埼玉県の須永食品から菓子類を仕入れているが、だれが注文したのですか」

「わからないね」

「代表者の木島さんがわからないんですか」

「営業はすべてコンサルタントに任せていたんだよ」

どのように追及しても、コンサルタントや紹介した友人の名前を明かそうとしない。

否認のまま身柄を検察庁に送られ、検事さんの取り調べでも否認していたが、裁判官から十日間の勾留状が発せられたため引き続いて取り調べをした。

「ほんとうにコンサルタントがだれか知らないんですか」

「知らないね」

「それでは藤山という人を知っていますか」

「知らないね」

「すでに藤山さんから話を聞いているんだよ。木島さんに頼まれてダイニチ食品が仕入れた商品をバッタ屋に販売したことを認めているが、それでも知らないんですか」

「おれは何も知らないが、その話を初めて聞いたよ」

「藤山さんは、木島さんに頼まれて菓子などをバッタ屋に売っていたんだよ」

「ことによるとコンサルタントが頼んでいるかもしれないね」

「それではコンサルタントがだれか知っているんじゃないですか」

「知らないね」

毎日のように取り調べをしたが少しの進展も見せず、どのように追及しても否認の態度を変えることはなかった

「ほんとうにコンサルタントがだれか、知らないんですか」

「知らないよ」

取り調べる者と取り調べられる者との立場の違いがあったが、共通していたのは人間と人間の会話であった。同じような質問に同じような返答がくり返されていたが、世間話になるとしゃべるようになった。だんだんと木島さんの気持ちがわかるようになり、手を変え品を変えては追及すると返答に困るようになった。

「木島さんと藤山さんの話は大いに違っているが、藤山さんにはウソをいう理由が見当たらないんだよ。木島さんがウソをついているかどうかわからないが、木島さんにはどちらの話がほんとうか、よくわかっていることではないですか」

「おれはウソをついていないよ」

「いままで多くの詐欺事件の捜査をしてきたが、おれはウソをつかないよと言ってウソをついていた人がいたよ。ウソをついていても、ばれなければウソと断言することはできないが、ウソはばれることもあるんだよ」

「おれがウソをついているというんなら警察で証明すればいいことじゃないか」

「築地の倉庫から生鮮食品を引き取っていた田中さんを知っていますか」

「知らないよ」

「横浜の堀田さんを知っていますか」

「知らないね」

「堀田さんの父親の岩倉満男さんを知っていますか」

「知らないね」

「堀田さんは、父親の岩倉さんから木島さんを紹介されたと言っているんだよ。築地市場の広田倉庫に生鮮食品が入ると、木島さんから電話があって引き取りにいき、代金は銀行を通じてダイニチ食品に支払ったと言っているんだよ」

「どんなことを言われても、知らないんだから知らないと答えるほかないじゃないか」

コンサルタントが岩倉さんと思われたが、どのように追及しても認めようとしない。勾留期間は一日一日と少なくなっていき、取り調べをめぐって虚虚実実の駆け引きが展開されていた。

どのように追及しても木島さんはコンサルタントの名前を明かそうとしない。

「木島さんは手品や奇術を見たことはありますか」

「あるよ」

「手品や奇術にはタネや仕掛けがあるが、明かさないのはどうしてだと思いますか」

「明かせばおもしろくないからだよ」

「木島さんはコンサルタントがだれかわかっていると思われるが、わたしは想像することし
かできないんだよ。わたしが知りたいのは、木島さんがいままでにしゃべっていないことや
しゃべりたくないことなんだよ。木島さんが正直に話してくれればこれらのナゾが解けるし、

ダイニチ食品がどんな営業をしていたか理解できると思うんだよ」

「みんな話したつもりだが」

「いままでにたくさんの人を取り調べており、商取引にいろいろの仕掛けのあることがわかっているんだよ。大金を盗まれたとして閉店するのも、詐欺師の常套主手段みたいなものであり、木島さんが考えついたとは思えないんだよ。逮捕されてどんなことを考えているかわからないが、まじめに生きようと思ったら正直に話すことですね」

　このように告げて、その日の取り調べを打ち切った。

　翌日、取り調べを再開した。

「どのように取り調べをしても、コンサルタントの名前を明かさないかぎり、ほんとうの話はできないのではないかね。だれがコンサルタントか見当はついているが、想像で物事を決めることはできないんだよ。知らないと言い張ることはできるが、それがウソかどうか木島さんにはよくわかっていることではないですか」

「どのように追及されようとも、おれたちのやっていたのは商取引なんだ」

「おれたちと言ったけれど、何か秘密の約束があったのですか」

　このように追及すると返事に困ってしまった。目は口ほどに物を言うといわれており、能勢警部補は木島さんの目の動きをじっと見ていた。

　しばらくして口を開いた。

「そんなものがあるわけがないじゃないか」

「かさねて尋ねるが、ほんとうに密約はなかったのですか」

「なかったよ」

「いままで多くの人から事情を聞いているが、それらの人たちの話にはウソがあるとは思えないんだよ。木島さんも町田さんも注文していないとなると、注文できるのはコンサルタントしかいないのではないですか。木島さんがどんなことをしゃべろうとも自由だけれど、コンサルタントの間に特別の約束があったような気がするんだよ」

このように追及すると、否認する姿勢もだんだんと弱いものになってきた。

「特別な約束があったかなかったか、それを答えてくれませんか」

簡単に答えることができると思っていたが、いつまでもだまっていた。

「どうして答えることができないんですか」

「そこまで捜査されていたんじゃ、いつまでもウソはついていられないや。密約があったからほんとうのことが言えなかったんだよ」

「どんな密約でしたか」

「警察にパクられても絶対に相手の名前を言わないことになっていたんだ。毎日のように痛いところをくり返し突かれていたし、どのように弁解しても受け入れられず、だんだんと覚悟を決めるようになったんだ」

「それだったら正直に話すことができますね」

「長年の取引先であった武田さんから、『おれが知っている人が経営コンサルタントをしており、資金繰りに困った中小企業の人が何人も助けられているんだよ。その人を紹介するから木島さんもめんどうをみてもらったらどうですか』と言われたんだよ。紹介されて話を聞いたところ、食品のことはとくに明るく、世の中の経済の仕組みにもくわしく、信用できる人と思ったんだ」

「どのような条件でダイニチ食品を設立したのですか」

「おれには独特のやり方があるんだよ。木島さんの名義で会社を設立し、仕入れから販売まですべて任せてくれれば、月に五十万円で請け負ってやるよ。金もうけのためにはやばい橋を渡ることもあり、警察にパクられるかもしれないが、そのときに相手の名前は絶対に口にしないことを約束していたんだ」

「どのように仕入れて、どのように販売していたのですか」

「仕入れはすべて岩倉さんに任せており、ダイニチ食品に入った商品は藤山さんに頼んで販売してもらったよ。築地市場に入った商品は岩倉さんの担当になっており、どのように販売していたかわからないね」

「横浜の堀田さんから代金は送られてこなかったのですか」

「ときどき送金してもらったよ」

「ダイニチ食品に入った商品の販売代金は、どのようになっていましたか」

「藤山さんから現金を受け取って手数料を支払ったり、堀田さんから送金されてくると岩倉さんに報酬や経費など支払ったりしていたよ。ダイニチ食品の家賃やわれわれの給料や諸経費に充てていたが、帳簿がなかったから記載したことはなかったよ」

「もう一つはっきりさせておきたいのは、事務所の金庫が破られて八百万円が盗まれたことです。ほんとうに金庫に八百万円があったのですか」

「あれは岩倉さんの入れ知恵だったんだ。営業を始めてから二か月ほどしたとき岩倉さんに持ちかけられ、インチキな営業をカムフラージュするためだと知ったんだ」

このように木島さんが自供したため供述調書を作成し、書類を検察庁に送致した。検事さんの取り調べでも認めたため、起訴をためらっていたが起訴に踏み切って余罪の捜査となった。

被害者は北海道から九州まで二十六道府県にまたがっており、被害者の数は百三十六名で被害の総額は二億円余にのぼっていた。ダイニチ食品には冷蔵の設備がなかったため、生鮮食料品は東京の築地市場の「広田倉庫気付」で送られ、菓子類がダイニチ食品というように区分けされていた。

注文はすべて岩倉さんに任せていたため、木島さんは注文の内容については具体的に知らされていなかった。木島さんが自供したため岩倉光男さんの逮捕状を得ることができたが、所在不明のために全国に指名手配して追跡捜査となった。

木島さんの余罪の捜査が一段落したため、逃走してからの行動について調べた。

「木島さんが逃走してからのことを知りたいんですが」

「警察に追われていることがわかったため、女房のところに戻ることができず、偽名でパチンコ屋で働いていたのです。このとき印章会社のセールスの募集を広告で知り、占いをするようになったんです」

「印章会社ではどんなことをしていたのですか」

「デパートに派遣され、占いをしては印鑑を売っていたんです」

「どのような占いをしていたのですか」

「採用されたとき三日間の講習を受けましたが、いろいろの占いの勉強でした。講習を終えるとデパートに派遣され、占いをしながら印鑑を売っていたのです」

「どのように占うのですか」

「お客さんがやってくると、手相を見ながら説明をしたのです。占ってもらうためにやってくる人は悩みを抱えている人が多く、最初に悩みを聞くことにするのです。どのように悩んでいるかわかると、どのように占うか、マニュアル通りに話をしていたのです。最初はうまくしゃべることができなかったが、慣れるに従って口上がうまく言えるようになったのです。同僚が辞めたいと言い出したとき、講習費用として三十万円の返還を求められ、インチキな会社と思ったのです」

「どうして辞めなかったのですか」

「生活が安定していたからです」

「どのように報酬を得ることができたのですか」

「占いをしながら印鑑の価格を決めていったのですが、売上高に応じた報奨金を受け取ることができたのです。高く売れば売るほど報奨金が多くなり、会社のもうけも多くなる仕組みになっていたのです。拡大鏡で手相を見ながら質問すると、いろいろと悩みを打ち明けてくるためらうなずいたり、アドバイスしたりしていたのです。手相は生命線や頭脳線や感情線などがあり、『あなたの運命線はしっかりして長く伸びており、健康で長生きすることができますよ』と言ったりして印鑑を売っていたのです」

「印鑑を押し売りするようなことはしないんですか」

「ノルマがあるから無理をすることもありますが、訴えられるようなひどいことをしたことはありません」

「どんなことをするのですか」

「占いは手相だけでなく家相の占いもしていました。『いつまでも家相に合わない印鑑を使っていると不幸になりますから、家相に合った印鑑に取り替えたらどうですか』と話したりするのです。いろいろと相談に乗ると、家庭内にいろいろの問題があることがわかり、家相の話をするわけです。付加価値をつけるため大小のセットにするなどし、高く売りつけることを考えていました。占いが無料になっていますが、そのままで帰ってしまう人が少ないため、ノルマを達成することができるのです」

「そのようなことをして、気がとがめられないんですか」

「占ってもらって不安が解消した人は、どんなに高価な印鑑を買わされても安い買い物と思うのではないですか」

「すると、悪いと思ったことはなかったのですか」

「人助けをしていたと思ったこともあれば、済まない気持ちになったこともあったが、悪いことをしていたという気持ちはなかったよ」

木島さんがどれほど正直に話したかわからないし、どこまでがインチキであり、どこまで正当の行為かわかりにくかった。占ってもらう人がどれほど占い師を信じているかわからないが、「当たる八卦、当たらぬも八卦」といわれていた。占ってもらって救われた気分になった者もいれば、だまされたと思った者もいたかもしれない。たとえだまされた人がいても、警察に届け出がなかったから捜査の対象にできなかった。

岩倉さんは三年前に刑務所を出所した直後、協議離婚していたが、世の中には債務逃れのため離婚の形式をとる詐欺師がいることを知っていた。別れた妻のところに立ち回る可能性があったため手配しておくと、一か月ほどしたとき神奈川県警の警察官に逮捕されて護送されてきた。

能勢警部補は逮捕状を示して犯罪事実を告げた。

「ダイニチ食品の木島社長と共謀し、埼玉県の須永食品にウソの電話をして菓子類をだましたとして逮捕状が出ていますが、そのことに間違いありませんか」

「ダイニチ食品も須永食品も知らないし、これは警察のでっち上げじゃないのかね」

「弁護士を頼むことができますが、どのようにしますか」

「金がかかるから弁護士なんかいらないし、一人で戦うことにするよ」

能勢警部補は弁解録取書を作成し、引き続いて取り調べをした。

「岩倉さんはどこに住んでいましたか」

「しゃべりたくないね」

「ほんとうにダイニチ食品の木島さんを知らないんですか」

「知らないね」

「いま、どんな仕事をしていますか」

「コンサルタントをしており、経営に困った中小企業の経営者から相談を受けてアドバイスをしていたよ」

「横浜の田口という人を知っていますか」

「知らないね」

「それでは堀田治夫さんを知っていますか」

「知らないね」

「岩倉さんの犯罪歴は『商品』と『手数料』の詐欺の手口になっていますが、今回のやり方は違っていますね」

「商売は金もうけが優先しており、新しいやり方が必要なんだよ」

「かさねて尋ねますが、ほんとうにダイニチ食品の木島さんを知らないんですか」

「何度尋ねられても、知らないものは知らないというほかないじゃないか」

岩倉さんは否認のまま身柄を検察庁に送られ、検事さんの取り調べでも否認していたが、裁判官から十日間の勾留が認められた。

引き続いて能勢警部補が取り調べをした。

「岩倉さんは、どんな商売の経験があるのですか」

「父親が大きな材木商をしていたが、詐欺の被害にあって倒産に追い込まれてしまったんだ。食品会社のセールスとなって仕事を覚え、会社を設立して業績を伸ばすことができたが、交通事故の被害にあって入院していたとき、経理係に大金を使い込まれて倒産に追いこまれてしまったんだ。多額の債務を抱えたため強く返済を迫られたり、暴力団に脅されたりしたため、危ない橋を渡って商売をしていたんだ。それが詐欺になるとして警察に捕まり、商取引だと主張したが入れられず、懲役二年の実刑を言い渡されてしまったんだ。まじめに生きようと考えて政治や経済などの勉強をし、三年前に出所してから経営のコンサルタントとなり、倒産した経験を生かし、困った人を助ける仕事をするようになったんだ」

「コンサルタントになって報酬を得ていたわけですか」

「そうだよ」

「さきほど堀田さんを知らないと言っていたが、ほんとうに知らないんですか」

「何度聞かれても、知らないものは知らないと答えるほかないじゃないか」

「すでに戸籍謄本を取り寄せて調べてあるが、刑務所を出てから離婚していることや堀田さんが長男であることもわかっているんですよ。それでも知らないというんですか」

「それじゃ知らないとはいえないね」

「ダイニチ食品という会社や木島さんは知っていますか」

「知らないね」

「ダイニチ食品の木島さんが逮捕になったことを知っていますか」

「知らないね」

質問しながら岩倉さんの反応を見ると、少しばかり動揺した様子が見られた。

「木島さんは岩倉さんからコーチを受けてダイニチ食品を始めたと言っているんだよ」

「そんなカマをかけたって、その手には乗らないよ」

「カマであるかどうか、岩倉さんにはよくわかっていることだと思うんだよ。木島さんも初めは岩倉さんを知らないと言っていたが、つじつまが合わない話をしたので追及すると、岩倉さんとの関係を認めるようになったんだ。木島さんがいろいろとしゃべったため、岩倉さんを逮捕することができたが、それでも木島さんを知らないと言い張ることができますか。ウソをついて人をだますことはできても、だれも自分をだますことはできないんですよ、賢明な岩倉さんなら、警察がどんな捜査をやってきたか、わかっていると思うんだ」

「木島さんと一緒にダイニチ食品を始めたが、ウソを言ったり、だますようなことはしていないよ」

「ウソをつかないと言っても、先ほどまでは堀田さんを知らないと言っていたではないですか。木島さんがしゃべったのでいろいろのことがわかったが、それでもだましたことを認めることができないんですか」

「みんなわかっているんなら、取り調べる必要がないんじゃないか」

「すると、木島さんがしゃべっていることに間違いないわけですか」

「木島さんがどんなことをしゃべったかわからないが、おれはダイニチ食品の手伝いをしただけであり、だましたことはないよ」

　ダイニチ食品との関係を認めたが、だましていたことは否認していた。

「木島社長は、岩倉さんとの密約があったからしゃべることができなかったと言っていたが、どんな密約でしたか」

　岩倉さんの弁解もだんだんと苦しいものになり、返事をしぶってしまった。

「木島さんとの間に密約がなければ、このような取引はできないと思うんだ」

「密約ではないが、話し合ったことはあるよ」

「それはどんなことですか」

「二人で共同で事業を始めることにし、名義を貸してくれれば月に五十万円で請け負ってやるよと言ったよ」

「もっと大事な約束があったのではないですか」

「そんなことを言われてもわからないから、説明してくれませんか」

「説明してもいいが、岩倉さんの口からしゃべってもらいたいんだよ」

「ここまで来てしまってはウソも言えないし、ほんとうのことを話すことにするよ。金もうけにはやばい橋を渡ることもあり、警察にパクられてもお互いの名前を出さない約束になっていたよ。いろいろ考えたが、木島さんがしべったのでは起訴は免れないと思うようになったし、否認しているより認めたほうがよいと思うようになったんだ」

「それではどこに住んでいたか話すことができますね」

「川崎市の郊外に家を借り、家賃や電話料などダイニチ食品で支払ってもらい、そこから注文の電話をしていたよ」

岩倉さんが住んでいた場所がわかり、捜索差押令状を得て家宅捜索をすることにした。


岩倉さんが借りていたのは住宅街の一軒家であり、大家さんの立ち会いによって家宅捜索をした。居間には机の上に電話機があり、ロッカー内には数冊の大学ノートと数冊のスクラップブックがあった。大学ノートにはお得意先の名がぎっしりと書き込まれており、◯や△や×の印がつけられていた。スクラップブックには、さまざまな食品の包装紙や広告類が張りつけられ、これにも印がつけられていた。はっきりしたことはわかったが、女性が出入りしていた様子がうかがえた。

家宅捜索をしてたくさんの証拠資料を押収することができたため、その資料によって岩倉さんに説明を求めていった。

「岩倉さんの家に女性が出入りしていたことはありませんか」

「ないよ」

「言いにくいことかもしれないが、女性が出入りしていた形跡があったよ」

「別れた女房が来たことがあったよ」

「どのように注文の電話をしていたのですか」

「こちらは高前市にあるダイニチ食品ですが、県内の観光地や旅館やホテルなどに卸しているのです。先日、南西駅の売店でおたくのお菓子を購入したのですが、これだったらお年寄りだけでなく、若者にもよろこばれるものと思います、と電話していたよ」

「埼玉の須永食品には、どのような注文をしていましたか」

「どのように注文したか覚えていないが、似たような話をしていると思うよ。注文して断られることもあれば、一回で成功することもあったよ。断り方にも違いがあるため、脈があると思うと何度も注文し、脈がないことわかると×印をつけて取り消していたよ」

「支払い方法はどのようにしていたのですか」

「月末の締めで翌月の十五日に現金で支払うと言ったりしたよ」

「現金で支払うといっても支払えるあてはあったのですか」

「おれは注文を取るために雇われており、販売にはタッチしていなかったんだ」

「長男の堀田治夫さんが築地市場の倉庫の生鮮食品を引き取っているが、それは知っていましたか」

「息子を木島社長に紹介しただけであり、その後のことはまったくタッチしていないよ」

「被害者は全国にまたがっているが、どのようにして選んだのですか」

「むかしから旅行が好きだったし、コンサルタントになってからも旅行をつづけていたからあっちこっちに出かけていたよ。温泉旅館に泊まったり、駅でみやげ物を買ったりすると試食をし、どんな味がしたか調べてメモしておいたんだ。包装紙などは持ち帰ってスクラップブックに張りつけ、味だけでなく包装紙についてもほめるようにしていたよ」

「大学ノートやスクラップブックにいろいろの印があるが、ダイニチ食品以外のコンサルタントもしていたのですか」

「いままでに三社のコンサルタントをしたことがあり、重複しないための印なんです。◯印は成功した印ですし、△印は脈があるとして、×印は失敗というように区分けし、三社もABCとしたんだ」

「ダイニチ食品と築地市場の広田倉庫気付に送られたものがあるが、これはどのように区分けしていたのですか」

「ダイニチ食品には冷蔵庫がなかったため、冷蔵や冷凍の必要のあるものはすべて築地市場に送るようにしていたよ。まったく注文が取れない日もあれば、一日にたくさんの注文が取れるときもあったが、報酬に見合うだけの仕事をしていただけだよ。大学ノートには注文した日時やどの会社の注文か記入し、ダブらないように気をつけていたよ。同じ商店に二つの会社で注文して疑われたことがあったが、うまく言い逃れをして二つの会社の注文をとることができたよ」

「それはどこの商店でしたか」

「北海道の根室の魚屋さんだったような気がするよ」

「販売は木島さんの担当になっているというが、築地市場に入った生鮮食品は岩倉さんの担当になっていたというんだよ。築地の倉庫に入った生鮮食品はすべて堀田さんが引き取っているが、それも知らなかったのですか」

「おれは息子を木島さんに紹介しただけなんだ」

堀田さんにぞう物故買の疑いがあったが、岩倉さんは長男をかばっていたらしく知らなかったとくり返すばかりであった。

岩倉さんは酒も飲まなければギャンブルもやらず、手にした大金で高価な装身具を身につけたり、離婚した妻に送金するなどしていたことがわかった。

岩倉さんの余罪について取り調べをすると、被害者の数はダイニチ食品だけでも百三十六人にのぼっていた。一つ一つの事件の事情聴取をしていったが、被害者の届けがあったとはいえ、岩倉さんが覚えていることには限界があった。二人とも犯罪事実については認めていたが、細部の食い違いについては明らかにすることができなかった。

作成した供述調書は膨大なものであり、証拠品とともに検察庁に送致してダイニチ食品の捜査を終えた。

岩倉さんがコンサルタント契約をしていたのは、有限会社奈良食品と田村食品会社などであった。奈良食品の社長さんは取り込み詐欺で逮捕されて取り調べられたが、岩倉さんとの密約を守っていたため証拠不十分として不起訴になっていた。岩倉さんが奈良食品の社長さんとの共謀を認め、ふたたび所轄の警察署に逮捕されて容疑を認めたために起訴された。

田村食品会社の経営者も取り込み詐欺の容疑で警察の取り調べを受けたが、証拠が不十分のため逮捕を免れていた。岩倉さんが自供したため犯罪事実が明らかになり、警察に逮捕され、検事さんの取り調べでも認めたため起訴された。

岩倉さんは自供したのは三社のみであったが、二年間にわたってコンサルタントの仕事をしていた。わかっただけでも被害の総額は五億円を越えていたが、被害者のなかには倒産に追いこまれたり、問屋への支払いを滞らせた会社もあるなどさまざまであった。だまされた被害者のなかには債権を回収しているうちに仲間に引きづり込まれていたが逮捕を免れていた者もいた。

点から始まった捜査であったが、点と点が結びついて線となり、さらに面と面を重ねて立体となって全体像を明らかにすることができた。もし、木島さんが密約を守っていたら岩倉さんを逮捕することができたかどうかわからない。試行錯誤を重ねてようやくカラクリのあったことがわかり、岩倉さんの自供によってすべて明らかにすることができた。

否認の壁

犯罪はいつ発生するかわからないし、知能犯や暴力団犯罪は巧みに法網をくぐり抜けているものが少なくない。警察権は民事に介入することはできないため、商取引を装った詐欺事件の取扱いに苦慮させられる。被害届出や告訴があって捜査を開始しても、犯罪を立証するのは容易ではなく、民事であればどんなに捜査しても犯罪は成立しない。

昼過ぎに七十歳ぐらいの女性が見えたが、どんな用件なのか見当がつかなかった。おもむろにふろしきから書面を取り出したが、ほとんどが民事訴訟に関するものであった。

「どんな用件かおっしゃってくれませんか」

「悪どい不動産屋をとっちめてもらいたいから告訴することにしたんだ！」

「これらの書類はみんな民事訴訟に関するものではないですか」

耳が遠いらしく、そのことに耳を傾けようとしない。

「不動産屋が証人を抱き込んでウソの証言をさせたため負けてしまったんだ。悪い不動産屋をとっちめてもらいたいんだ」

「事件が起きてからすでに八年がたっているんですよ。すでに時効になっているから警察では捜査することができないんです」

このように言ったが時効の意味がわからないらしく、どのように説明しても納得してもらうことはできない。たらたらと不動産屋の悪口を言うばかりであり、老婆の不満に耳を傾けているほかなかった。

「このような事件は警察ではなく、弁護士さんに相談したらどうですか」

「金ばかりふんだくって信用できないんだ」

最後のよりどころとしてやってきたらしかったが、警察では取り上げることはできなかった。なだめたり、相づち打つなどしながら老婆の話を聞いてやると留飲を下げたらしく、ふろしきに書類を包んで帰っていった。


それから一週間ほどしたとき、五十歳前後の小柄の男がやってきた。

「わたしは徳川商事の社長ですが、手形をだまし取られたので告訴にあがりました」

能勢警部補が告訴状を手にすると、被害額が五億円になっており、金額の多さにびっくりさせられた。

「どうしてそんなに多額の手形をだまし取られたのですか」

「大阪の高山木材の社長と一緒に事業を始め、手形を融通したりされたりしているうちに、このような金額になってしまったのです」

「共同事業であれば犯罪になるかどうか、わかりませんね」

「弁護士に相談したところ、契約を逸脱していれば詐欺か横領になるといわれて告訴状を書いてくれたんです。それでも受け付けてもらえないんですか」

「弁護士さんが詐欺か横領になるといっても、捜査するのは警察なんですよ。犯罪の疑いがあれば捜査しなければなりませんが、だまされたという資料がなくては告訴の受理はいたしかねますが」

「それでは、あす、書類を持ってくることにします」

告訴人が帰ってしばらくすると、本部の捜査二課から課長に電話があった。

「いま、長谷部代議士の事務所から電話があったんだが、告訴人の徳川社長は後援会の役員ということだからめんどうをみてやってくれないか」

能勢警部補は課長に呼ばれた。

「本部の捜査二課から電話があったが、告訴人の徳川社長は長谷部代議士の後援会の幹部ということだ。失礼のないように取り扱ってくれないか」

「この事件の被害額が大きいけれど共同事業になっているため、犯罪になるかどうかわからないんです。あす、資料を持ってくることになっており、再検討して判断したいと思っています」

「では、そうしてくれないか」

能勢警部補はいつも公正さを心がけており、代議士の後援会の役員だからといって特別に取り扱う気にはなれなかった。

翌日、徳川社長はたくさんの書類を抱えてきたため、資料を検討しながら説明を求めることにした。

「どうして高山木材と共同で事業を始めるようになったのですか」

「三年前に貸倉庫にするため建設会社に施工を頼んだところ、工事半ばでその会社が倒産してしまったのです。損害賠償を求めたが応じてもらえず、建て直すにも取り壊すのにも、費用がかかるために放置していたのです。知人の葉山さんが見え、『鉄骨が雨ざらしなっているが、何か計画があるんですか』と聞かれたため、いまのところ計画がないと返事をしたのです。すると、『よいスポンサーを知っているから紹介してあげますよ』と言ったので、どんなスポンサーか尋ねると、『大阪で不動産や宅地造成など手広くやってやり、その人に頼めばどのようにするのがベストかわかるのではないですか。徳川さんがその気になれば紹介してあげますよ』と言ったのです」

「葉山さんとはどんな関係にあるんですか」

「葉山さんは長谷部代議士と親しい関係にあるらしく、ときどき後援会の会合に姿を見せていました。何度も顔を会わせているうちに親しくなったが、どのような仕事をしていたか知らなかったのです」

「それからどのようになったのですか」

「話し合うために葉山さんと東京に出かけていき、オオシマホテルのロビーで待ち合わせをしたのです。四十五歳ぐらいの小柄の男が笑顔で見えると、葉山さんからこの人が高山木材の社長の大山さんですと紹介されたのです。すると大山という人が、『葉山さんから紹介されたと思いますが、北海道と大阪に事務所を持っていて手広く土地開発などの事業をしているんです。会社名が高山木材になっているのは木材専門の会社だったからですし、そのときにたくさんの取引先があったため、人脈を利用して土地開発などの事業に乗り出したのです。順調に業績を伸ばすことができたため、群馬にも事務所をつくろうと思って葉山さんに相談すると、徳川さんを紹介してくれたのです。北海道に保有している広大な土地が新産業都市計画にひっかかり、四十億円で売却することができたのです。聞くところによると一億円ほど資金が必要とのことですが、土地の売却代金が入ればそれくらいの金は造作のないことであり、大船に乗ったつもりで任せてくれませんか』と言ったのです」

「そのとき共同事業の契約をしたのですか」

「よろしくお願いしますと言っただけであり、特別に契約はしていません」

「この契約書には日付が書き入れてないが、どうしてですか」

「オオシマホテルから帰った翌日、大山さんが高前市にやってきたのでセントラルホテルのロビーで話し合ったのです。そのときに納得することができたため、正式に契約書を作成したのですが、日付の記入を忘れていたのです」

「だまされたという資料が見当たらないんですが」

「契約書を作成するのだから担保に手形を切ってくれないか』と

言われたのです。そのようなことは考えていなかったので断ると、『土地の売却代金がいまだ入らないが、共同事業を始めるためには資金が必要なんだよ』と言ったのです。手形を切っても落とすことができないと言って断ると、『担保にして金を借りるだけだから資金の準備をしなくてもいいんだよ』と言われて手形を切ってしまったのです」

「いつ、どのようにして手形を切ったのですか」

「資料を持ってこなかったのでわからないんですが、取引銀行で調べればはっきりすると思います」

「振り出した手形は、どのように使われたのですか」

「共同事業のために使ったと言われただけであり、くわしい説明はなかったのです。その後も『資金が足りなくなったから手形を切ってくれないか』と言われ、取り立てには出さない条件になっていたので切って渡していました。いつの間にか手形が取り立てに出され資金繰りができなくなったので大山さんに話すと、現金を都合してくれたために手形を落とすことができたのです」

「それでは、だまされたかどうか、わからないじゃないですか」

「弁護士さんの話によると、契約内容を大きく逸脱しているから詐欺か背任になると言っており、それで告訴することにしたのです」

「捜査しなければ犯罪になるかどうかわかりませんが、詐欺の疑いが皆無ではないので告訴を受理して捜査することにします」

告訴された大山司郎さんの犯罪歴を調べたが該当者は見当たらず、本籍も住所もわからないためにどうような人物か明らかにできない。

徳川社長を大山さんに紹介した葉山さんからも事情を聞くことにした。

「大山さんという人はどんな人ですか」

「東京にいたとき知人から紹介されて付き合うようになり、立派な実業家と思っていました。群馬でも事業を始めたいから、だれかを紹介してくれないかと頼まれ、徳川さんを紹介したわけです」

「大山さんにだまされたと言って徳川社長から告訴があったのですが、そのことは知っていましたか」

「知りませんでした」

「徳川さんとはどのような関係にあるのですか」

「わたしは長谷部代議士と懇意にしており、徳川さんが後援会の役員をしている関係で顔見知りになったのです」

地元の警察の話によると、葉山さんは選挙ブローカーのような存在であり、手形や土地などのあっせんをしていることがわかった、
ちなみに有限会社徳川商事の登記簿謄本を取り寄せると、長谷部代議士が監査役になっていたこともあった。

徳川商事の取引銀行から当座預金や普通預金などの写を取り寄せ、大山さんに手形を振り

出した状況などについて調べた。たくさんの出し入れがあったため、ふたたび徳川社長の説明を求めて大山さんとの取引関係を明らかにしていった。

県内の関係者については事情を聴取することができたが、県外の関係者については「捜査嘱託書」によって調査方の依頼をした。関係者の話がどれほど信用できるかわからなかったが、徐々に輪郭がわかってきた。

高山木材の北海道の事務所は見当たらず、新産業都市計画に引っかかったという北国市に所有するという土地もなく、詐欺の容疑が濃厚になってきた。

大阪の警察の調べにより、大阪の事務所には女子事務員が一人いるだけであり、大山さんの本名が金平彰一であることがわかった。犯罪歴の有無を照会すると、詐欺の容疑で三回も警察に逮捕されていたが、起訴されたのは一回だけであった。原田の偽名を使ったこともあり、金平さんの被疑者写真を取り寄せて徳川さんに確認してもらったところ、大山さんと金平さんが同一人物であることがはっきりした。

慎重に捜査をつづけたが、共同事業の契約がネックになっていたから犯罪を立証するのが困難であった。資料を検討したり、関係者から事情聴取するなどし、数か月の捜査によって告訴された金額の十分の一ほどの裏づけをとることができた。

呼出状を郵送したがなしのつぶてであり、地元の警察署に調査の依頼をしたが所在がわからない。逮捕状を得て指名手配する以外の方法が見つからず、署長の決断によって課長が逮捕状の請求書を書いて能勢警部補が裁判所へいった。受付に差し出したがわかりにくい事件であったためか、一時間以上も待たされて逮捕状が発布されたため、全国に指名手配するとともに追跡捜査をした。

指名手配をして三か月ほどしたとき、大阪市内の喫茶店で逮捕され護送されてきた。

能勢警部補は型通り、逮捕状を示して弁解できることや弁護人を選任できることを告げて取り調べを始めた。

「四千八百万円をだまし取ったとして逮捕状が出ているんです。これから取り調べをしますが、自己の意思に反して供述しなくてもよいことになってます。徳川社長から数千万円をだましたことになっていますが、この事実に間違いありませんか」

「おれはだますようことはしていないよ。これは徳川商事との共同事業であり、絶対に認めることはできないね」

「共同事業でも契約の内容を逸脱しており、だましたことになるんじゃないですか」

「今回のことは徳川社長がすべて承知してやっていたことなんだ。このようなことまで詐欺にされたんじゃやりきれないや」

「徳川さんが承知していないから告訴してきたんですよ」

「だまされたなんて心外だ。おれは徳川商事のために資金を使ってきたんだよ。それだったらおれもだまされていたことになるんだ」

共同事業がネックになっていたため、このような弁解は初めから予想されたことであった。

そのために犯罪の立証ができた一部についてのみ逮捕状の請求をしていたが、そのことまで否認されてしまった。

「一部は徳川商事のために使ったかもしれないが、高山木材や金平さんの個人にも使っていたのではないですか」

「お互いに資金を融通し合っており、徳川商事の金を使ったこともあるし、高山木材の金だって融通してやったこともあるよ」

「北海道の北国市に照会したところ、高山木材の所有する土地がないことがわかったよ。徳川さんには新産業都市計画に引っかかり、四十億円で売れたという話をしているようだが、その土地はどこにあるんですか」

「おれはそんな話をしたことはないよ。証拠があったら見せてくれないか」

「すると、徳川社長がウソを言っていることになるわけですか」

「徳川さんがどんなことをしゃべっているか、おれにはわからないね。徳川商事の役員に代議士がいるというから、警察は徳川さんの肩を持っているんじゃないのかね」

「どのような弁解をしようとも自由だけれど、徳川商事の金が高山木材の運営資金に使われていたことは間違いないと思うんだ。このことが説明できなければ、金平さんの話だって信じることはできないね」

「共同事業だから徳川商事の資金を高山木材で使わせてもらい、高山木材の資金を徳川商事に融通しているが、これが共同事業のメリットなんだよ。警察では徳川さんの話を一方的に聞き入れ、おれを罪に陥れようとしているんだ。いくら犯人にでっち上げようとしても、おれはその手には乗らないよ」

「金平さんの話を聴こうと思って呼び出したが、どうして来なかったのですか」

「仕事がいそがしくてその間がなかったんだ」

「何度も呼び出しをしたがなしのつぶてであり、やむなく逮捕状を得て指名手配をしたんだよ。徳川社長をだましていなかったら出頭してきて説明できたんじゃないですか」

「結果的にはウソをついたみたいになってしまったが、契約書をつくったときにはうまくいくはずだったんだ。警察で調べられるような悪いことはしてないし、いまもだましたとは思っていないよ」

徳川商事の資金を高山木材に流用していたことは認めたものの、あくまでも共同事業の範囲内であるとの主張は変えようとしない。契約書の内容だって具体的に記載されていないため、お互いに有利な解釈をしていたらしかった。徳川商事は高山木材の資金を当てにし、高山木材は徳川商事の資金を当てにしていたというのが真相のようだった。

「金平さんは、有力な代議士や大手企業の援助が受けられると言っていたようですが、それはだれのことですか」

「言いたくないね」

「どうしてですか」

「おれが警察に捕まっていることがわかれば、だれだってほんとうの話をしないいんじゃないかね。偉い大臣の息子と懇意にしていたことは間違いなく、その者から二億円の融資が受けられることになっていたんだ。そのことを確かめないまま徳川さんに話してしまったが、そのときはほんとうに融資が受けられると思っていたんだ」

「それが事実かどうか確かめたいんだが、偉い大臣の息子というのはだれですか」

「プライバシーに関することであり、話すことはできないね」

「それでは、金平さんの話がほんとうかどうか、わからないじゃないですか」

「おれは詐欺の疑いで逮捕されているんだよ。警察から問い合わせがあれば、大臣の息子だってかかわりたくないからほんとうの話をしないのじゃないかね」

「その人から話を聞かなくては、金平さんの話とその人の話のどちらが正しいかわからないじゃないですか」

「おれはウソをついていないよ」

金平さんの供述にウソがあると思えても、このように弁解されたために事実を明らかにすることができない。さまざまな捜査をつづけて参考人の供述との矛盾を追及したが、のらりくらりと言い逃れをするだけであった。

取り調べは空回りするばかりであり、もっと厳しい取り調べをしたらどうかと言われたが、マイペースを崩す気にはなれなかった。再勾留になってからも取り調べがつづいたが、供述にはいささかの変化が見られず、自供による事実の解明がむずかしくなってきた。

勾留期間が残りが数日になったとき、担当の検事さんから課長に電話があった。

「現状では起訴するのが困難であり、自供を得るか、新たな証拠を見つけてくれないか」

逮捕当初から大阪の事務所の捜索が検討されていたが、遠方のために自供を得ることに重点がおかれていた。取り調べには限界があったため、新たな証拠を求めるため大阪の事務所と自宅の捜索することにした。

捜索差押令状を得ることができたため、二月初旬の寒い日の朝、能勢警部補と美山部長刑事の二人は捜査用車両で出発した。地図を頼りに運転を交替し、午後二時ごろ大阪の吹田インターチェンジに降りることができた。二時間ほど南下してようやく金平さんの自宅を捜し当てることができたが、そこに住んでいたのは植草みち代という女性であった。

「ここは金平さんの家ではないのですか」

「以前は金平さんが住んでいましたが、現在はわたしが住んでいるのです」

「植草さんは金平さんとどんな関係にあるんですか」

「わたしは高山木材の事務員です」

金平さんの自宅に間違いないと思われたが、植草さんから拒否されたために捜索することができなかった。

「あすの午前十時から事務所の捜索をしたいので立ち会ってくれませんか」

「はい、わかりました」

その晩、大阪市内の安いホテルで宿泊したが、翌朝はどんよりしており、いつ雪が降るかわからないような空模様であった。

早めに大阪駅裏のビルの所有者を訪ね、高山木材との契約状況などを尋ねた。

「高山木材には、いつごろから事務所を貸していますか」

「三年前からですが、半年前から家賃が滞っているため催促しているのです。留守にしていることが多く、催促しても家賃を支払ってくれないため明け渡しを迫っているが解決することができないんです」

「高山木材がどんなことをしているかわかりますか」

「土地のあっせんなどをしたり、手形のブローカーをしているという話を聞きましたが、くわしいことはわかりません」

時間が少なかったため、くわしく聞くことができず、供述調書も急いでつくらなければならなかった。

午前十時に植草さんが姿を見せたため、立ち会ってもらって事務所の捜索を始めた。ビルの五階にあった高山木材の事務所はかなり広いものであり、スチールのロッカーが二つと三つの机があった。掃除が行き届いていないらしく、机の上の書類が乱雑に置かれていてほこりがついているものもあった。ロッカー内を調べると白紙のままの帳簿類がいくつかあり、肝心の金銭出納簿や手形帳は見当たらない。机の引き出しを調べたが、詐欺事件の資料になる書類はどこからも見つけることができなかった。

金平さんが使用していたという机の引き出しには、取引関係の書類は見当たらなかった。たくさんの名刺があったが、代議士の息子だという人の名刺はなく、暴力団関係者と思える名刺が何枚もあった。

　捜索を終えたので植草さんから事情を聞くことにした。

「植草さんはいつごろからこの事務所で働いているのですか」

「一か月前からです」

「どのような仕事をしているのですか」

「電話番みたいなものです」

「ロッカーの中に仕入れ台帳や販売台帳がありますが、何も記載されていないのはどうしてですか」

「電話番として雇われており、ロッカーの書類には手をつけたことがないんです」

「どうしてですか」

「前に事務をやっていた人から事務の引き継ぎも受けていないし、事務の経験がなかったから手をつけられなかったのです」

「どこを探しても金銭出納帳が見当たらないんですが、どこにありますか」

「金銭関係の仕事はすべて社長がしており、会社の金がどのようになっているかまったくわかりません」

「社長さんの話によると、北海道と大阪で大きく事業をしているとのことですが、どんな事業をしていたか知っていますか」

「知りません」

「群馬でも新しい事業を始めると言っていたが、その話を聞いたことがありますか」

「ありません」

植草さんから話を聞くことができたため供述調書を作成したが、時計の針はすでに午後の三時を回っていた。大家さんの話を聞いたり、事務所の捜索をして高山木材がずさんな経営をしていたことがわかった。


雪に降られることもなく、真夜中に帰署して課長へ報告した。

翌朝から能勢警部補は金平さんの取り調べを始めた。

「きのう大阪の事務所の捜索をし、植草さんにも会ってきたよ」

このような言葉をかけて金平さんの反応を見ると、表情にわずかな変化が見られた。それが何を意味しているかわからなかったが、なんらかの影響があったものと思われた。

「大家さんの話によると、家賃を滞納させて立退きを要求していたということだよ。どうして支払うことができなかったのですか」

「資金の都合がつかなかったからだよ」

「ロッカーにたくさんの帳簿類があったが、ほとんどが白紙だったよ」

「前にいた女子事務員がずさんな事務をしていたのでクビにしたが、新たに採用した植草も満足な事務をすることができなかったんだ」

「採用したのは金平さんだったのではないですか」

「知り合いの男に頼んだから事務はできると思ったんだ」

「どうして金平さんの家に住んでいるんですか」

「それは答えることができないね」

金平さんには答えにくいことがあるらしかったが、能勢警部補はあえて追及しなかった。

「どこを探しても金銭出納帳や手形帳が見つからなかったよ」

しばらくだまって何かを考えていたらしかったが、やがて重い口を開いた。

「おれは出張することが多いため、持ち歩けるように小型の金銭出納帳をつけていたが、旅行中に紛失してしまったんだ」

「それからはどのように金銭の出し入れを記録していたのですか」

「つけていないよ」

「手形帳も見当たらないんですが」

「そんなものはないよ」

「金平さんが懇意にしているという大臣の息子の名刺は見当たらなかったが、地元の暴力団幹部と思われる名刺が何枚もあったよ」

「大臣の息子からは名刺をもらわなかったんだ」

「暴力団とはどのような付き合いがあったのですか」

「しゃべりたくないね」

「しゃべりたくないわけがあるんですか」

「ないね」

「それだったら話せるんじゃないのかね」

「話したくないんだ」

「トラブルや債権の回収を暴力団に頼む人がいることを知っているが、なんらかの関係がなければ事務所に暴力団幹部の名刺はないと思うんだ」

「それはだんなさんの想像に任せるよ」

「ある暴力団の幹部は、おれたちは警察で取り締まることができない悪いやつらを懲らしめているんだとほざいていたよ。金平さんは暴力団に脅されたり、何か頼んだりしたことはなかったですか」

「ないね」

「それではどうして暴力団幹部の名刺が何枚もあるんですか」

強がりを言っていた金平さんであったが、このように追及するとだまってしまった。

「どうして説明することができないんですか」

「警察では徳川さんの話を一方的に信用し、おれを犯人に仕立てようとしているんだ。おれだって徳川商事に多額の融資をしており、さんざんおれを利用しておきながら、事業に失敗したつけをおれに押しつけるなんて許されないことだ」

「暴力団との関係を尋ねたのにどうして話をそらせてしまうんですか」

「いろいろのことがあり、簡単には説明はできないね」

「ふたたび尋ねますが、徳川さんをだましたことはないというが、いまでもそう思っていますか」

「どんなに追及されたって共同事業であり、だましたことはないね。徳川社長が損をしたかもしれないが、賠償を求めるならともかく、告訴するなんて筋違いというもんだ。代議士が徳川商事の役員になっているから警察に圧力がかかっているんじゃないのかね」

「たとえ代議士が徳川商事の役員になっていたとしても、この事件にはかかわりのないことだよ。警察はだれの肩を持つとか、金平さんが有罪になるか無罪になるかということより真実を明らかにしたいだけなんだ」

「おれが韓国人だから警察では徳川さんの肩を持っているんだ。警察がその気ならとことん争うだけだ」

「どのように争おうと自由だけれど、韓国人であるとか、日本人であるという理由で差別する気はまったくないよ」

「前に警察で取り調べられたとき怒鳴られただけでなく、差別されたんだ」

「そのような警察官がいたかもしれないが、代議士であるとか、犯罪者であるとか、金持ちであるとか、貧乏人であるとか、そのようなことで差別をする気持ちはまったくないんだよ。呼び出しにも応じないし、行方をくらましたためにやむなく逮捕したが、犯人と決めつけているわけじゃないよ」

「むかしから、日本人は朝鮮人と言って馬鹿にしていたじゃないか」

「戦争中にはそんなことがあったかもしれないが、それだってすべての日本人がそうしていたわけではないと思うんだ」

「そんなことは信用できないね」

「信用してもらえるかどうかわからないが、特攻隊員になったとき朝鮮出身の仲間がいたんだ。沖縄の戦いでは朝鮮人の軍夫の人たちと一緒に戦ったり、壕を掘ったりしたんだ。未成年の隊員にも一日に二本のタバコが支給されたが、成人の軍夫たちには支給されなかったためタバコを与えていたんだ。戦争が終わって捕虜収容所に入れられると、日本の軍隊の組織は作用しなくなり、戦時中に部下や朝鮮の軍夫たちをいじめた人たちは仕返されていたよ。わたしのところに三人の軍夫が訪ねてきたとき、仕返しされるものと思ったが、それは壕掘りのときタバコを与えていたお礼だったんだよ。いまは金平さんを取り調べる立場にあるが、将来、金平さんのお世話になることがあるかもしれないいんだよ」

取り調べというより、人によって差別したくないということをわかってもらいたいため、こんなことをしゃべってしまった。

「そんなことを言われると、どうしたらよいかわからなくなってしまったよ」

「言い逃れを考えるのではなく、どのように生きたらよいか考えたらどうですか」

このように言うと、だまってうつむいてしまった。

「いままでしゃべったことがほんとうかウソか、金平さんにはよくわかっていることじゃないですか。前に捕まったときどうして不起訴になったかわからないが、他人をだますことができても、自分をだますことはだれもできないことなんだよ。まじめに生きたい気持ちが少しでもあったら、正直に話しをして出直すことですね」

「いままで何度も警察で取り調べられているが、金平さんと呼ばれたことはなかったよ」

「たとえ前科があろうとも、どんな立場の人であっても人間であることに変わりはないと思っているんだよ。いまはどのような心境になっているかわからないが、徳川さんとのことを正直に話してくれませんか」

「このような取り調べをされたんじゃ、否認しても起訴されるのは間違いないと思うようになったんだよ」

「まじめに生きたいと思ったら、すべて正直に話すことができるんじゃないですか」

「出直すことができるかどうかわからないが、正直に話すことにするよ」

　このように言って逮捕の事実を認めたため、供述調書にして検察庁に送付した。検事さんの取り調べでも罪を認めたため起訴となり、この事件の捜査を終えることができた。

　いままでは否認していたのに認めるようになったのは、正直に話すほうが有利と考えたからかもしれない。

中小企業を育てる会

融資がからんだトラブルが公になることはいたって少ない。金融機関にあっては信用の失墜をおそれたり、責任問題を避けたい傾向にある。たとえ業務上横領が発覚しても、弁償の回収を優先して届け出をしないケースがある。節税の名目で脱税をしたり、文書を偽造するなどすると、これらが犯罪の温床になったりする。

人と人や物と物とをつなぐのがブローカーといわれており、世の中が複雑化しているために重要な役割をなしている。情報化社会といわれているため、各種の情報を集めて売り込んだり、それを利用して業績をあげている企業もある。犯罪として摘発されると公になるため、巧みに法網をくぐり抜けて人の目に触れることが少ない。

阿久津製作所の社長さんがだまされた事件は、防犯相談から始まった。

「資金の援助をしてもらおうと思い、十万円の会費を支払って『中小企業を育てる会』の会員になったのです。手数料を支払ったのにいまだ融資を受けられず、どのようにしたらよいかわからず警察に相談にやってきたのです」

「このような事件は防犯課ではなく、捜査二課の担当になっているのです」

このように言われて社長さんは防犯課員に連れられて捜査二課にやってきた。

美山部長刑事が事情を聞くことにした。

「どうして融資を受けることができなかったのですか」

「一か月ほど前のことですが、亀山という人が会社に見え、『資金繰りに困っているという話を聞いたのですが、会員になってくれれば融資のあっせんをしてあげますよ』と言ったのです。どんな会ですかと尋ねると、中小企業を育てる会の名刺を出し、『わたしたちは健全な中小企業を育てるため困った人たちを助ける活動しており、会員になってくれれば特別に便宜を図ってあげますよ』と言ったのです」

「くわしい話はしなかったのですか」

「話だけでは信用できないため、どのような活動をしているのか尋ねたのです。すると、『会長は大物の代議士の秘書をしたこともあって政界に顔が効くし、大手銀行の頭取とも交友があるんです。会長にめんどうをみてもらって助けられた中小企業はたくさんあるし、阿久津さんはめんどうをみてもらう気はありませんか』と言われたのです。どうしても資金が必要だったので十万円の会費を支払って会員になり、一千万円の融資のお願いをすると、『会長に話をしてやるよ』と言ったのです」

「その後どうなったのですか」

「翌日に亀山から電話があり、『会長が会いたがっているから午後一時に松井ホテルにきてくれませんか』と言ってきたのです。ロビーで待っていると亀山が四十歳ぐらいの人を連れて見え、『この人が会長の羽田さんだから頼んでみたらどうかね』と言ったのです。すると会長という人が、『亀山君から話を聞いていると思うんだが、大船に乗ったつもりで任せてくれないか。一千万円が必要とのことだが、そのくらいの融資を受けるなんて造作もないことだよ』と自慢そうに言ったのです」

「そのほかに話はなかったのですか」

「かばんの中からたくさんの書類を取り出し、『このように多くの中小企業に融資のあっせんをしており、みなさんからよろこばれているんだよ。阿久津製作所の経営がどのようになっているかわからず、融資の申し込みをするのにたくさんの資料が必要だから準備してくれないか』と言ったんです。どんな資料が必要なんですかと聞いたところ、『会社の預金や資産一覧表が必要だから、すぐに用意してくれないか』と言われたのです。準備をしていると亀山から電話があり、『会長が融資のお願いをすると言っており、すぐに書類を持ってきてくれないか』と催促されたのです。準備しているところですと返事をすると、『あすの正午に松井ホテルのロビーで待っているから持ってきてくれ』と言われ、ホテルにいって会長に手渡したのです」

「融資の手続きをとってくれたのですか」

「いつまで待っても連絡がなかったので会長を探したが見つからず、亀山に尋ねると、『おれも探しているが、見つかったら伝えておくよ』と言ったのです。それから五日ほどしたとき会長の羽田が一人で会社に見え、『融資が受けられるようになったから一緒に立川銀行高前支店にいってくれないか』と言ったので出かけのです。一緒に手続きをとるものと思っていたところ、『ここで待ってくれないか』と言われて駐車場で待たされたのです。三十分ほどして支店から出てくると、『いま、一千万円の融資が件がOKになったから二、三日のうちに連絡があると思うよ。手数料として百万円をいただきたいから用意してくれないか』と言われたのです。会員になったから手数料はいらないと思っていたので断ると、『支払ってもらえないと融資のあっせんもできなくなってしまうんだよ』と強く言われてしまったのです。金策のためあっちこっち飛び回っていると、亀山から催促の電話があり、あすになれば都合することができますと返事をすると、翌日の夕方、羽田が一人で会社に受け取りにきたので百万円を手渡したのです」

「融資が受けられるかどうか、銀行に問い合わせはしなかったのですか」

「間違いなく融資が受けられるものと思っていたのですが、いつになっても連絡がないためいらいらしてきたが会長と連絡がとれなかったのです。亀山に電話したところ、『会長はいそがしくてどこにいるかわからないんだよ。おれも探しているところだし、連絡がとれたら話しておくよ』と言ったのです。いつになっても連絡がないので亀山に催促の電話をすると、『そのことで会長が話したいと言っており、あすの正午に松井ホテルのロビーにいってくれないか』との返事でした。融資が受けられるものと思って出かけていったところ、『一千万円の融資は間違いなく受けられるんだが、もっと融資ができないか交渉したところ、別枠で三千四百万円の範囲内で融資が可能だと言われたんだ。阿久津さんにその気があるんなら手形の割引を頼んでやるよ』と話をそらされてしまったのです」

「一千万円の融資について尋ねなかったのですか」

「そのことが重大な用件になっていたため、『一千万円の融資の件はどのようになっているか尋ねると、『その件だったら間違いないんだから心配することはないよ』と言われて、それ以上の追及ができなかったのです」

「手形の割引の件はどうなったのですか」

「不渡りを出さないためにはどうしても融資が必要だったため、いろいろ考えてしまったのです。すぐに一千万円の融資が受けられるかどうかわからず、手形を割り引いて資金をつくる以外の方法が見つからず、手形の割引を頼んでしまったのです。このときも手数料は必要ないと思っていたのですか、『手形を割り引くのに三百四十万円の手数料が必要だから準備してくれないか』と言われたのです。断ればすべての融資がだめになると思ったので承諾し、あっちこっち金策に飛び回ったがどうしても準備することができなかったのです。そのことを会長に伝えようとしたが連絡がつかず、亀山を通じて羽田に伝えてもらったのです。折り返し羽田から電話があり、『こちらが真剣に融資の交渉をしているのに手数料を支払うことができないようじゃ融資の件もご破算だね』と突っぱねられてしまったのです」

「渡した百万円はどのようになったのですか」

「融資が受けられないことがわかったため、返してもらおうと思って羽田を探したが見つからなかったのです。亀山に交渉すると、『おれは会長を紹介しただけであり、融資の件はまったくタッチしていないんだ。おれも会長を探しているが、見つかったら連絡するように話してやるよ』と言われたが、いつになっても連絡がなかったのです。羽田を探したが見つけることができず、亀山には融資の件にはタッチしていないと言われ、資金の調達ができず会社が倒産したのです」

能勢警部補は美山部長刑事から報告を受けた。

「これはややっこしい事件だが、詐欺の疑いがあるから供述調書を作成してくれないか」

このようにして中小企業を育てる会に対する捜査が開始された。

能勢警部補が立川銀行高前支店にいき、羽田さんがどのような交渉をしていたか聞くことにした。

「羽田という男が融資の件で見えたことがありますか」

「十日ほど前、羽田という人が中小企業を育てる会の名刺を持って見えたのです。阿久津製作所の社長の委任状を示して一千万円の融資の申し込みをしてきたのですが、中小企業を育てる会や阿久津製作所がどんなものか、どんな会社かわからないため断ったのです。すると、『おれは大国銀行の頭取と懇意にしており、電話したいから貸してくれないか』と言ってどこかに電話をしたのです。電話を終えるとふたたび融資をするようにねばられましたが、担保物件がないために断りつづけたのです」

阿久津製作所のために融資の申し込みをしたのは事実であったが、どうして社長さんを伴わなかったのか疑問があった。

亀山さんの前歴の照会をすると、十三年前に詐欺の容疑で逮捕されたが起訴猶予になっていた。身辺捜査をすると、街の金融業者から資金繰りに困っている中小企業を教えてもらい、融資のあっせんをしたり、融通手形を振り出させて双方から手数料を受け取っている疑いがあった。手形ブローカーのような存在であり、『中小企業を育てる会』を隠れみのにしている疑いが強くなってきた。

会長という羽田さんの内偵をすると、代議士の秘書をしていたとか、大手の銀行の頭取や右翼の大物と交友があるとか、総会屋と称して企業に乗り込んだりしていた。金融機関の不正をネタにして融資を強要したり、金融機関の応対が悪いと難癖をつけ、頭取を呼びつけて怒鳴ったりしていたこともわかった。これらの話を聞くことができたが、会長を恐れていたらしく、だれも書類の作成に応じようとしなかった。

引き続き詐欺事件の捜査をしていたとき、田島生命保険会社の幹部から相談があった。

「きのう、中小企業を育てる会を名乗る男が見え、長いこと因縁を付けられたのです。店を閉じる時間になると帰っていったのですか、また来るぞと捨てぜりふをしていったのが気になって相談にあがったのです」

「どのように因縁を付けられたのですか」

「三か月前、無断欠勤がつづいた社員をクビにしたことがあったのです。円満に解決したはずでしたが、クビにした元社員の奥さんを伴って見え、『どうして退職金を支払わなかったんだ』といきなり大きな声で怒鳴ったのです。会社の規定通りにやったことですと説明したが納得せず、『どうして退職金を出さなかったんだ。退職金を支払う気があるんかね』と何度も怒鳴られたのです。それでも断りつづけると、『それでは訴訟することにするがそれでもいいんか』と言い出したのです。退職金をめぐって出せとか出せないの言い合いになったのですが、閉店の時間になると、『きょうは帰ることにするが、また来るぞ』と言って帰っていったのです」

「脅し文句はなかったのですか」

「何度も大きな声で怒鳴られましたが、脅し文句はありませんでした」

関係者からも事情を聞いたが、犯罪になるかどうはっきりしない。

クビにしたという社員の奥さんから美山部長刑事が事情を聞いた。

「中小企業を育てる会の会長さんが見え、退職金を取ってやるから会員になってくれないかと言われ、主人が十万円を支払って会員になったのです。すると、『交渉してやるから一緒に保険会社に行ってくれないか』と言われたが、主人が行きたがらなかったため、わたしが行くことになったのです。会長という人は支店長に対し、『どうして鈴木さんに退職を支払わなかったんだ』と何度も怒鳴っていました。会社の人がいろいろと説明し、社内の規則に従ったから落ち度はないというと大きな声を出し、『それでは裁判で争うことにするが、それでもいいんかね』と何度も怒鳴っていたのです。二時間ほどすると閉店の時間になり、

『あす、また来るぞ』と言って帰ってきたのですが、その後の連絡がなかったからどのようになったかわかりません」

「脅し文句はなかったのですか」

「何回も怒鳴っていましたが、脅すような言葉はなかったと思います」

会員にさせて会費を受け取り、退職金のことで会社に交渉をしていたことはわかったが、これも阿久津製作所に似たパターンであった。


亀山さんが融通手形のあっせんをしていることを聞き込み、美山部長刑事が有限会社長沼工業を訪れた。

「亀山さんの紹介により、静香商店と融通手形の交換をしたことはありませんか」

「だれから聞きましたか」

「いま、捜査しているところなんです。そのようなことがありましたか」

「あっせんしてもらって三パーセントの手数料は支払って融通手形を振り出したが、資金繰りが間に合わなくなったのです。不渡り手形を出したために倒産してしまい、静香商店を連鎖倒産に追いこんでしまったのです」

真野刑事から、光栄信用金庫の理事長が脅されているらしいとの報告があり、能勢警部補が理事長さんから話を聞くことにした。

「金融機関が右翼を名乗る人たちに脅されている話を聞いたのですが、おたくではそのようなことはありませんか」

「……ありませんね」

返事をするのに間があったため、言いにくいことがあるのではないかと思ったが、問いただす資料の持ち合わせがなかった。

「何かあったら連絡してくれませんか」

このように言って信用金庫を後にしたが、これで打ち切ることができなかった。さらに情報の収集に努めていると、亀山さんや羽田さんが、あっちこっちで中小企業を育てる会の会員を勧誘していることがわかった。これらにも犯罪の疑いがもたれたが、どうしても決め手をつかむことができなかった。

新たな資料を捜すため捜査をつづけると、亀山さんが光栄信用金庫に融資の申し込みをしていた事実を聞き込んだ。

能勢警部補はふたたび光栄信用金庫の理事長さんを訪ねた。

「亀山という男を知っていますか」

「数年前、取引をしたことがありました」

「どのような人ですか」

「ブローカーをやっていると聞いたことがあります」

「最近、亀山さんとの取引はありませんか」

「融資の申し込みがあったが、担保物件がないので断りました」

「中小企業を育てる会というのを知っていますか」

「聞いたことがあります」

「中小企業を育てる会の人に脅されたという話を聞いたのですが、そのようなことはありませんか」

「亀山が中小企業を育てる会の名刺を持って見え、融資の申し込みをしてきたのです。担保がなかったので断ると、その翌日に会長という人を連れて見え、この人が会長の羽田さんですと紹介したのです。すると羽田という人が、『おれたちは融資に困った中小企業を助けるための活動をしているが、一千万円ほど融資してくれないか』と言ってきたのです。担保物件がないだけでなく、亀山が信用できないので断りつづけたのです。二時間ほどねばられたが、断りつづけるとあきらめたらしく帰っていったのです」

「念を押しますが、ほんとうに脅されていないんですね」

返事を渋ってしまった。

「何か話しにくいことがあるんですか」

「新聞やテレビで報道されると大きな騒ぎになり、取り付けが起きたりすると困ってしまうために話したくないんです」

「警察は民事の問題には介入できませんが、犯罪であれば捜査しなくてはならないんです。確約することはできませんが、できるだけ報道機関には知られないようにしますから話してくれませんか」

「融資の申し出を断りつづけたところ、亀山が『この人は右翼の大物の秘書をしていたことがあるし、大手銀行の頭取とも親しくしているんだ。不正を暴かれると困ることになるんではないですか』といい、執拗に融資をするように求めてきたが断りつづけたのです」

「亀山さんと羽田さんはあっちこっちの金融機関でいやがらせをしており、亀山さんがチラシを配ると脅したという話を耳にしているんですが」

「かばんを開いて紙を見せ、『すでに光栄信用金庫の不正をつかんでいるんだ。融資をしてくれなければチラシを撒くことにするが、それでもいいんですか』と強い口調で融資を迫ってきたのです。脅されて融資したのではわたしの責任になるため、いつまでもねばられたが断りつづけていたのです」

「会長だという羽田さんは、どのようにしていたのですか」

「融資の交渉は亀山に任せていたらしく、うなずくだけでした」

「これらのことを供述調書にしたいんですが、承知してもらえませんか」

「わたしの一存で決めることができないんです。早急に役員会を開いて結論を出したいと思っています」

翌日、理事長から能勢警部補に電話がかかってきた。

「みんなの総意で届けることになりました」

能勢警部補は光栄信用組合に出向き、理事長さんから話を聞いて供述調書を作成した。

捜査のおもな対象になっていたのは、阿久津製作所の詐欺と光栄信用金庫の恐喝未遂であった。もっと捜査を詰めておきたかったが、亀山さんが光栄信用金庫の理事長さんに謝罪の申し入れをしたり、証拠隠滅の工作をしていることがわかった。

犯罪を防ぐためにも早期に強制捜査をする必要に迫られ、光栄信用金庫の恐喝未遂で二人の逮捕状を得ることができた。

亀山さんの住所はわかっていたが、あっちこっち飛び回っていた羽田さんの所在はつかむことができない。亀山さんだけ逮捕しても否認されると裏づけが困難になるため、二人を同時に逮捕して取り調べる必要があった。そのために指名手配せずに羽田さんの行方を追っていたところ、松井ホテルに立ち回ったとの情報を得た。

ホテルに宿泊していることを確かめて職務質問をした。

「あなたは羽田哲秋さんですか」

「そうだよ」

「亀山さんと光栄信用金庫にいったことはありますか」

「あるよ」

「融資の申し込みをしたことはありますか」

「あるよ」

「中小企業を育てる会の会長を名乗ったことはありますか」

「ないね」

すべてを正直に話しているとは思えなかったが、光栄信用金庫に行ったことを認めた。

「この通り、光栄信用金庫の理事長を脅したとして逮捕状が出ているので逮捕いたします。弁解することがあったら本署にいってから聴くことにします」

このように告げて逮捕して本署に連行し、能勢警部補が取り調べを始めた。

「何か弁解することはありませんか」

「亀山と一緒に光栄信用金庫へ行ったことはあったが、理事長に融資のお願いをしただけであり脅してはいないよ」

「弁護人を頼むことができますが、どうしますか」

「そんな金はないし、弁護士なんかあてにならないから一人で戦うことにするよ」

「これから恐喝未遂で取り調べをするが、自己の意思に反して供述しなくてもよいことになっています」

「そんなことはわかっているよ」

「いままで警察で取り調べられたことはありますか」

「警察でわかっていることじゃないか」

「経歴を話してくれませんか」

「いやだね」

「亀山さんが融資の交渉をしたとき、理事長にどのような話をしましたか」

「二人で融資のお願いに行ったが、交渉したのは亀山であり、おれはだまって聞いていただけだよ」

羽田さんはこのようにいい、亀山さんがやったことであると言い逃れをしていた。

美山部長刑事は亀山さんの自宅にいき、逮捕状を示して逮捕して本署に連行してきて取り調べをした。

「亀山さんには詐欺の犯罪歴がありますが、どのようなことをしたのですか」

「だましたとして逮捕されたが、不起訴になったよ」

「亀山さんは羽田さんとはどんな関係にあるんですか」

「羽田さんは中小企業を育てる会の会長であり、おれは会員だよ」

「どうして会員になったんですか」

「知り合いから羽田会長を紹介され、金融のことだけでなく、政治や経済にも明るいし、大手の銀行の頭取と親しくしていると聞いたものだから会員になったんだ。困った中小企業の人たちを助けてやりたいと思い、光栄信用金庫に融資の申し込みをしたが、それがどうして恐喝未遂になるんかね」

「知り合いというのはだれですか」

「話すことはできないね」

「中小企業を育てる会の事務所はどこにあるんですか」

「知らないね」

「理事長さんの自宅に高級な洋酒を届けたことがありますか」

「それは事件とは関係がないことではないか」
「関係があるかどうかわからないが、洋酒を受け取りながら融資を拒否したことが許せない
と怒鳴ったことはなかったですか」
「ないね」
「チラシを配ると言って脅しているが、チラシはどこにあるんですか」
「脅してはいないし、そんなものがあるわけがないじゃないか」
「光栄信用金庫の不正をつかんでおり、チラシをばらまくと困ることになるんじゃないかと
言ったことはありませんか」
「それは誘導尋問じゃないのかね。おれたちは融資のお願いに行っただけであり、チラシは
持っていないし、そんなことは言っていないよ」
　亀山さんはチラシを持っていったことも脅したことも否定していた。
　二人の供述には食い違いが見られなかったが、それが事実なのか、話し合われていたかど
うかはっきりしない。
　中小企業を育てる会の事務所や羽田さんの住所がわからず、亀山さんの自宅のみの捜索差
押令状を得て家宅捜索をした。たくさんの資料を押収することができたが、肝心のチラシを
発見することはできなかった。
　資料を検討して亀山さんの取り調べをしたが、否認の態度を変えることができなかった。
二人とも否認のまま検察庁に送られて検事さんの取り調べも否認していたが、裁判官から十

日間の勾留状が発せられた。

　能勢警部補がおもに羽田さんの取り調べをし、美山部長刑事が亀山さんの取り調べをし、連絡を取り合いながら矛盾点を見つけることにした。

「亀山さんの自宅に三喜商事有限会社の名刺があったが、どんな関係なんですか」

「そんな会社は知らないよ」

「有限会社花田工業を知っていますか」

「それも知らないね」

「つなぎ資金が必要だからと言って手形を切らせ、街の金融で割り引いてもらうなどしたことはなかったですか」

「あるよ」

「それでは花田工業を知っていたのではないですか。そのほかには手形のあっせんをしたことはありませんか」

「ないね」

「手形のブローカーとして融通手形のあっせんをしていることがわかっているんですよ」

「そんなカマをかけたってその手には乗らないよ」

　資料によって美山部長刑事が取り調べをしたが、すべてを否定され、のらりくらりの供述をするばかりであった。

　能勢警部補は引き続いて羽田さんの取り調べをした。

「羽田さんは理事長と、どんな話をしたのですか」

「交渉したのは亀山であり、おれは聞いていただけだよ」

「亀山さんが交渉していたとき、チラシをまくと言っていませんか」

「そんなことは言っていないよ」

二人の供述に矛盾はみられず、連日のように取り調べたが、少しの進展も見せなかった。チラシも発見されなければ脅したことも認めようとせず、検事さんの取り調べでも二人は徹底して否認していた。

勾留期間が残り少なくなったとき、検事さんから課長のところに電話があった。

「脅迫に使われたチラシが発見されないし、二人の自供を得ることができないとあっては起訴するのがむずかしい。阿久津製作所の社長から手数料をだまし取った事件で再逮捕し、合わせて取り調べてくれないか」

恐喝未遂の方が立証が容易と思われたが、二人が否認していたため阿久津製作所の詐欺事件で逮捕状を請求することになった。詐欺で再逮捕したからといって自供が得られる保証はなく、新たに証拠を探すのも困難な状況になっていた。

能勢警部補は羽田さんに逮捕状を示し、阿久津製作所の手数料詐欺の容疑で再逮捕する旨を告げた。

「警察のやり方はきたないや。どのようにされたって犯罪でないものが犯罪になるわけがないじゃないか」

羽田さんは大きな声を出して反発し、正当な行為でもやっているかのようだった。

「わたしは耳は悪くないし、大きな声を出さなくて聞こえますよ。もっと静かに話したらどうですか」

このように言って羽田さんの矛先をかわした。

再逮捕した事実についても二人は徹底的に否認していたし、供述に矛盾が見られなかったために追及が困難になっていた。

羽田さんと亀山さんの恐喝未遂については、光栄信用金庫の理事長の要望を受け入れて記者発表が差し控えられていた。いつしか中小企業を育てる会の事件が記者に知られ、広報官が発表を迫られ、能勢警部補が原案をつくるように命ぜられた。

恐喝未遂事件については伏せておかなければならず、署長の了解を得て阿久津製作所の詐欺事件のみ発表することにした。二人を逮捕してからすでに二週間が経過していたため、その間の穴埋めをする必要があった。捜査に支障を来すことは発表できないし、プライバシーにも配慮しなければならなかった。

広報官から発表されたが納得しきれず、何人かの記者が能勢警部補のところにやってきた。

「中小企業を育てる会というのは、どんな組織ですか」

「そのような名刺を使って会員を募り、融資のあっせんをしていたか、いまだその実態がわからないんだよ」

「どうしてわからないんですか」

「二人がほんとうのことをしゃべらないからだよ」

発表した翌日の各紙を読み比べると、大きく取り上げてたところと片隅に載っただけのものがあった。多くは発表したままのものであったが、足でかせいだらしく中小企業を育てる会を取り上げたものがあった。


事件が報道されると、阿久津製作所の数人の従業員が警察にやってきた。

「会社が倒産したために先月分の給料をもらうことができないし、われわれの社内預金が使われていたこともわかったのです。このほかにも社長に頼まれて土地や建物を担保にしたり、金を借りるとき保証人になった者もおり、どのようにしたらよいかわからないため相談にあがったのです」

「給料をもらえなかったり、保証人になったりしたことは民事の問題だから警察はタッチできないんです。社内預金が使われたことは犯罪になるかどうかわからないが、告訴があれば捜査することにいたします」

「いままで社長には世話になっており、告訴はできません」

「これらは警察で取り上げるような事件ではなく、社長さんとざっくばらんに話し合って解決したらどうですか」

「はい、わかりました」

民事問題のためくわしい話を聞くことができなかったが、阿久津社長はさまざまな方法で資金を求めていたことがわかった。

光栄信用金庫の恐喝未遂では理事長を脅していたのは亀山さんであり、羽田さんはうなずいていただけであった。阿久津製作所の詐欺事件については、羽田さんが主役になっていたものの、亀山さんの役割ははっきりしない。

二つの事件とも共謀の容疑で逮捕しており、能勢警部補は取り調べに当たって供述の矛盾点を見つけることに主眼をおいていた。どのようなことでも話してくれれば裏づけを取ることができるが、知らないとか、覚えていないと言われては事実であるかどうか確かめることができにくかった。

きょうも羽田さんの取り調べをした。

「中小企業を育てる会の会長と名乗っているようですが、事務所はどこにあるんですか」

「おれは会長でもないし、事務所がどこにあるか知らないね」

「亀山さんが阿久津社長に対し、この人が中小企業を育てる会の会長だと紹介していたが、それはウソだったわけですか」

「亀山がでたらめを言ったんだ」

「すると、中小企業を育てる会はなかったのですか」

「ないよ」

「ないのにどうして名乗ったのですか」

「おれは名乗ったことはないよ」

「ふたたび尋ねるが、融資ができないのにどうして手数料を受け取ったのですか」

「おれは資金に困っている人たちを助けようと思って活動しているんだよ。融資のあっせんをして手数料を受け取っていたことは間違いないが、成功を約束したわけじゃないよ。銀行ではおれの融資の申し入れを断らなかったし、融資してくれるものと思ったから阿久津社長に伝えただけなんだ。そのために手数料を受け取ったが、それがどうしてだましたことになるんだね」

「銀行では、融資ができないとはっきり断っているではないですか」

「都合が悪くなったから銀行がウソをついているんだ」

「銀行に交渉したところ、特別の枠で手形の割引が可能だといい、手数料をだまし取ろうしていたではないか」

「阿久津社長がどんなことを話したかわからないが、そんなことは言っていないよ」

阿久津社長にはウソを言う理由が見当たらず、羽田さんがウソをついていると思われたが決め手はなかった。

美山部長刑事が亀山さんの取り調べをした。

「十年ほど前、詐欺で捕まったことがあるが、どんなことでしたのかね」

「手形のあっせんだったよ」

「どうして中小企業を育てる会に入ったんですか」

「手形のことにくわしかったし、羽田会長に頼まれたからだよ」

「羽田さんが阿久津社長に融資のあっせんをしているが、いまだ融資を受けることができないんだよ。ほんとうに融資が受けられると思っていましたか」

「おれにはわからないよ」

「阿久津社長に頼まれて羽田さんを紹介しているし、融資のあっせんをめぐっていろいろと工作をしていたではないですか。それでも何も知らないというのですか」

「会長に頼まれて阿久津社長を紹介しただけであり、交渉はすべて会長がしていたんだ」

「阿久津社長と羽田さんの仲立ちをしており、双方の話を聞いていると思うんだが、それで知らないというんですか」

このように追及するとだまってしまい、何かを考えているようだった。

「何を考えているわからないが、おこなわれたことは取り消すことができないんだよ。どんな弁解をするのも亀山さんの自由だが、ウソはばれることもあるんだよ」

「おれはウソをついていないよ」

さまざまな質問をして亀山さんの反応を見ると、安易な質問にはすぐに答え、犯罪に関する質問には考えながら答えていることがわかった。

捜査をすすめると、中小企業を育てる会の事務所が風早マンションにあることがわかった。捜索令状を得て捜索したところ、三国政治経済研究所も同じところにあり、所長が友松紀夫さんであった。

友松さんの任意出頭を求め、能勢警部補が事情を聴くことにした。

「中小企業を育てる会は、どのような仕事をしているのですか」

「困っている中小企業を援助するため、融資のあっせんをしているんです」

「三国政治経済研究所は、どのような仕事をしているんですか」

「政治や経済の勉強をするための組織であり、社会に役立つ仕事をしているんだよ」

「中小企業を育てる会と三国政治経済研究所の責任者はだれですか」

「おれがやっているよ」

「羽田さんや亀山さんを取り調べているが、いまだ中小企業を育てる会の実態がはっきりしないんだよ。羽田さんは会長を名乗っているが、ほんとうに友松さんが会長ですか」

「羽田がどんなことを言っているかわからないが、おれが会長だよ」

「会員の亀山さんを逮捕しているが、どのようなことをしていたか知っていますか」

「たくさんの会員がおり、亀山という人はいるかどうかわからないね」

友松さんは羽田さんについて語ろうとせず、どのような関係にあったか明らかにすることができない。押収した資料には二つの組織の会員名簿だけでなく、政治家や実業家の名前もあったし、各地の土地の権利証の写もあった。

「会員名簿があったけれど、会員の条件はどのようになっているんですか」

「組織を運営していくため、十万円を出してもらって会員になってもらっているよ」

「土地の権利証の写はどのような目的に使うんですか」

「会員から紛争の相談を受けたとき権利証の写を提出してもらい、いろいろ調査をしてアドバイスをしていたよ」

会員名簿によって真野刑事らが裏づけをすると、融資のあっせんを依頼して十万円を支払って会員になった者が多かった。脅されたりだまされたと供述する者がいなかったが、ほんとうのことをしゃべりにくいという事情があったらしかった。

中小企業を育てる会の会員には、『三国政治経済研究所』の存在を知っている者はいなかった。友松さんが黒幕と思われたが、どんなことをしていたか明らかにすることができず、資料によって友松さんの裏づけをとることにした。

能勢警部補は、ふたたび羽田さんの取り調べをした。

「ようやく、中小企業を育てる会と三国政治経済研究所の本部がマンションにあることがわかったよ。会長の友松さんの話を聴くこともできたし、会員名簿を押収することもできたから、羽田さんがしゃべらなくてもいろいろのことがわかってきたよ」

「それなら取り調べる必要がないじゃないのかね」

「そうはいかないんだよ。羽田さんの話と亀山さんの話が食い違いがあることがはっきりしたんだよ。話が食い違っていることは、どちらかがウソをついているか、二人ともウソをついているかということになるんだよ。二人がほんとうの話をしていれば矛盾はないし、事実がはっきりすることになると思うんだ」

「おれはウソはついていないよ」

「すると亀山さんがウソをついていることになりますね」

「亀山がどんなことをしゃべっているかわからないが、おれはだましたり、脅したりしていないよ」

「羽田さんはウソはついていないというが、肝心なことが抜けているから信用することができないんだよ。わたしが知りたいのは、いままで話していないことや、しゃべりたくないことなんだよ。木に木を接いだような話なら納得できるが、木に竹を接いだような話をされたんじゃ信じることができないね」

「債権者に頼まれて債権を回収していたとき、亀山の口車に乗ってしまったんだ。困っている中小企業者を助けてやろうと思ってやったことであり、結果的にはだましたみたいになってしまったが、だまそうと思ったことは一度もなかったよ」

「だまそうと思ったことはないといっても、だまされた被害者がいるじゃないですか」

「取引にはだまし合いみたいなところがあるし、だましたからといって罪にされたんじゃやりきれないや。どのように取り調べられたって、だましていないんだからだましたとは言えないし、詐欺になるんだったら警察で証明すればいいことじゃないか」

「確かにそうだが、そのためにいろいろ調べているんだよ。羽田さんと亀山さんがだましたり脅したりしたから逮捕して取り調べているんだが、疑いを晴らしたかったら正直に話すことですね」

「みんな話しているつもりだが」

羽田さんはいろいろと反論し、警察がどれほど証拠を集めているか瀬踏みをしているらしかった。亀山さんには詐欺まがいのことが多かったが、どれも立証が困難なものばかりであり、取り調べによって自供を得ることは困難な状況になってきた。

巧みに法網をくぐり抜けて逮捕されないように工作し、逮捕されると起訴を免れるために徹底して否認をしていた。勾留期限が残り少なくなると、起訴されるか釈放になるか気になったらしく、そわそわするようになった。二人にとっては重大な関心事であり、取り調べをしながらさまざまな質問をして反応を見ることにした。

羽田さんは人の弱みを見つけては援助の手を差し伸べ、裏腹のことをやっていたことがはっきりした。亀山さんは会員を募ったり、融通手形を振り出させては手数料を稼いでいるなどしていたし、長期間の取り調べによって人柄もわかってきた。能勢警部補はアドバイスをしながら取り調べをすすめたが、それが功を奏したかどうかわからない。

検事さんがどのように判断したかわからないが、恐喝未遂と詐欺で起訴すると二人に大きな変化が見られた。これ以上否認をつづけても無実を勝ち取ることはできないと観念したらしく、正直に話して反省の姿勢を示すようになった。

そのために友松さんと羽田さんが共謀していたことが明らかになり、友松さんの逮捕状を得ることができた。

「羽田さんと共謀し、阿久津製作所の社長さんをだましたことで逮捕することにしますが、弁解することはありませんか」

「おれはそんな会社は知らないし、逮捕される理由はないよ」

「知らないといっても上納金を受け取っているじゃないか」

「やくざではあるまいし、上納金の制度なんかないよ。おれは困った人を助けるために活動をしており、正当な報酬なのにどうして罪になるんかね」

「困った人を助けるといって手数料を取っているが、だれも融資が受けられていないじゃないか。困った人たちを助けると言いながら、さらに困らせているじゃないか」

「羽田がどんなことをしたか、おれはわからないね」

「事務所にたくさんの名簿があるが、どうするつもりだったのですか」

「営業資金などに困っている人たちの名簿であり、助けてやろうと思って名簿をつくったんだ。中小企業を育てる会や政治経済研究所の会員からいろいろの情報が入り、それらによって適切にアドバイスしていたんだ」

友松さんはこのように弁解しており、羽田さんとの共謀を否定していた。

「どんなに否認していても期日になれば起訴されるか釈放されることになるんだよ。起訴されれば公判で有罪か無罪か決められることになり、友松さんの主張が入れられるかどうかはっきりするよ。政治や経済の研究をしてきていれば、どのようにするのがベストかわかるのではないですか」

友松さんは否認のまま起訴され、白黒が公判廷で争われることになった。

この事件の捜査によって明らかになったのは、随所にだまし合いの戦いが展開されていたことだった。だまし合いの戦いに破れた者が被害者になり、勝った者が被疑者として逮捕された構図になっていた。

あくどい稼ぎ

犯罪は社会の中の異常な行為とされているが、異常な行為が犯罪になるわけではない。どんなに悪質な行為であっても法令に違反していないか、証拠がなければ検挙することができない。知能犯人になると巧みに法網をくぐり抜けているが、能勢警部補は経験によってさまざまなカラクリのあることを見抜いていた。

テレビをだまされたとの被害の届け出があり、真野刑事が事情を聞いた。

「大貫という女性の客が見えてテレビの品定めをし、『この大型のカラーテレビがほしいんだけれど』と言ったのです。クレジットをすすめたところ、『手続きがめんどうだから割賦にしてくれませんか』といい、初回の代金をいただいて自宅に届けたのです。備えつけようとしたところ、『知人の電気屋さんに頼むから結構です』と言われたので、少しばかりおかしいと思ったのです。支払いが滞っていたため集金にいったところ、留守番をしていた母親にそのようなテレビは家にはないよと言われたのです。お客さんの年齢は三十歳ぐらいで丸顔であり、派手な服装をしてダイヤの指輪をしていました。飲食店を経営していると言っていましたが、くわしい話はしませんでした」

被害の届け出を受理し、大貫紀代子さんについて内偵すると、木谷司郎さんと結婚したが、三年前に離婚していた。大貫さんでは犯罪歴がなかったが、木谷さんには詐欺の犯罪歴があった。執行猶予中であり、所在がわからないため事情を聴くことができない。

テレビがどこに処分されているかわからないため捜査をつづけると、大貫紀代子さんの名前で宝石やカメラが入質されていた。

高価な仏壇を買ったとの情報があり、真野刑事が経営者から事情を聞いた。

「どこかの令嬢と間違えるほど立派な服装をした三十歳ぐらいの女性が見え、『わたしはある宗教団体の役員をしていますが、おばが亡くなったので仏壇を探しているところなんです』と言って店内をひとめぐりし、『この仏壇が一番気に入ったから割賦にしてもらえないでしょうか』と言ったのです。宗教団体の役員をしているといい、話し方や服装からして信用できると思い、その場で初回金の八万円を受け取ってお客さんが指定した家に届けたのです」

「その後も代金の支払いを受けていますか」

「その後の支払いは受けていませんが、支払ってくれるものと思っています」

「参考にしたいのですが、仏壇はどこに届けたのですか」

「南町の若林優子という家です」

大貫さんには二人のおばさんがいたが、いずれも健在であった。ウソを言って仏壇を購入していた疑いがあったため、真野刑事が若林優子さんから事情を聞いた。

「親しくしている大貫さんが見えたとき、母親が亡くなったので立派な仏壇が欲しい話をしたのです。すると、『懇意にしている仏具屋さんがあるから現金なら安くしてあげますよ』と言ったため、希望だけ伝えておいたのです。数日したときにふたたび見え、『仏具屋さんに八十万円の立派な仏壇があり、現金なら五十万円で買うことができるのですが、どのようにしますか』と聞かれ、安いと思ったので買ってもらうことにしたのです」

「支払いはどのようにしたのですか」

「翌日、銀行から五十万円を降ろして大貫さんに手渡すと、『仏具屋さんにはおばの家と話して特別に安くしてもらっており、家具屋さんが届けてくれたら、わたしのおばの家ということにしておいてくれませんか』と言われたのです」

「仏壇はだれが届けてくれたのですか」

「大貫さんに現金を渡した翌日、仏具屋さんが届けてくれたのです。このとき大貫さんのおばさんの家ですかと聞かれ、そうですと返事をしました」

このような事情がわかったため、真野刑事はふたたび仏具屋を訪れた。

「その後、大貫さんから支払いはありましたか」

「ありません」

「大貫さんが八十万円の割賦で購入したは仏壇は、五十万円の現金で知人に渡っていることがはっきりしたのです。宗教団体の役員をしているかどうかはわかりませんが、大貫さんには亡くなったおばさんはいないのです。届け先もおばさんの家ではなく、五十万円で仏具を売った知人の家ですが、それでも返済を期待していますか」

「そのような事情があるなら被害の届け出をしなければなりませんね」

真野刑事は仏具店の主人から被害の供述調書を作成し、仏壇をだまし取った疑いが濃厚になったため裏づけを急いだ。

質に入れたカメラや指輪も割賦で購入していたが、強引に取り立てられて業者には支払いをつづけていたが、ほとんどが初回の代金を支払っただけであった。

真野刑事から報告を受けた能勢警部補は、裏付け捜査をして犯罪を立証することにした。

大貫さんがウソをついて八十万円の仏壇を購入し、知人に五十万円で売り渡していたことを明らかにすることができた。課長が逮捕状を請求し、逮捕状を得ることができたので行方を追ったが、自宅には寄りつかず、ホステスとして働いているとの情報を得た。

さらに捜査をすすめると、藤崎市内の三山マンションで若い男性と同棲していることがわかり、張り込みをして職務質問をした。

「高前警察署の美山部長刑事ですが、あなたは大貫さんですか」

「違います」

「だれですか」

「木谷です」

「大貫さんが木谷さんと離婚したこともわかっているんです。いつまでもここで事情を聴いていることはできず、警察署まできてくれませんか」

しぶしぶと任意同行に応じたため、本署で能勢警部補が取り調べをした。

「仏壇をだましたことは間違いありませんか」

「友人に頼まれて買ってあげたことはありますが、だましてはいませんよ」

「割賦の初回金を支払っているが、その後の支払いはどのようになっていますか」

「支払っていないが、支払うつもりでいます」

「どうして支払わないのですか」

「資金の都合がつかないからです」

「都合がつかないといっても、仏壇を購入するとき若林さんから五十万円の現金を受け取っているじゃないですか」

「仏壇はわたしが割賦で購入したものですし、それを若林さんに売ったのがどうして罪になるんですか」

「おばが亡くなったと言って購入していますが、そのおばさんはどこのだれですか」

「亡くなったおばさんはいませんが、若林さんに頼まれた仏壇を買ってあげたいと思ってウソを言ってしまったのです」

「仏壇の代金を支払うつもりだと言っても、テレビを割賦で買っても初回金しか支払っていないではないですか。それだでけでなく、カメラや指輪なども割賦で買っているが代金が完済されないのに質に入れているではないですか」

「みんな割賦で購入したものであり、代金を支払いつづけたところもあるんです。代金を支払うためにカメラや指輪を質に入れ、代金の支払いに充てていたが、それが罪になるんですか」

「代金の支払いに充てていたといっても、それは一部ではないですか。若林さんから受け取った五十万円はどのように使ったのですか」

「わたしが買った仏壇を売ったものであり、どのように使おうと自由じゃないですか」

「それでは仏壇の代金をどのようにして支払うつもりでしたか」

「ホステスとして働いてたくさんの収入を得ており、支払うことはできるんですよ」

「どこのバーで働いているのですか」

「いまは藤崎市のスコットというバーです」

真野刑事がバーの経営者から事情を聞いた。

「一週間ほど前に働きたいといって見え、前借りしたいというので二十万円を渡したのです。働いたのは二日だけであり、その後は姿を見せなくなってしまったのです」

ふたたび能勢警部補が取り調べをした。

「働きたいといって申し込みをして二十万円の前借りをしているが、働いたのは二日間だけではないですか」

「二日間も働けば前借り分は稼いだことになるんですよ」

「話は違いますが、どこの宗教団体の役員をしているのですか」

「プライバシーのことについては答えることができませんね」

大貫さんはこのように否認していたが、ウソをついて仏壇を購入し、支払能力のないことが明らかになったため逮捕状を示して逮捕した。

翌日も能勢警部補の取り調べがつづいたが、否認の態度は変わらない。

「仏壇をだましたとして逮捕したが、テレビだってだましているではないですか」

「みんな割賦で買ったものですよ」

「クレジットをすすめられたのにどうして割賦にしたのですか」

「手続きがめんどうだからでした」

「どうしてウソを言って仏壇を購入したのか、そのわけを話してくれませんか」

「ウソを言ったかもしれませんが、代金は支払うつもりでした」

どのように追及してもだましたことは認めず、否認のまま身柄を検察庁に送られた。検事さんの取り調べでも否認していたが、裁判官から十日間の勾留状が発せられた。

大貫さんがマンションで若い男と同棲していたことがわかり、田所さんの任意出頭を求めて美山部長刑事が事情を聞いた。

「あなたは大貫さんと、どのような関係なのですか」

「大貫というのはだれですか」

「マンションで一緒に生活していたじゃないですか」

「わたしには花村と言っていました」

「どうして知り合ったのですか」

「二か月ほど前のことですが、何度もバーに通っているうちに親しくなって同棲するようになったのです。ホステスとして働きながらわたしの身の回りのめんどうを見てくれていますし、高給を得ているらしく洋服や靴だけでなく新車も買ってくれました」

「一緒に生活してどんなことが話し合われましたか」

「近く結婚する予定になっているんです」

同棲していた田所さんに洋服や新車などを買い与えていたことがわかり、これも捜査の対象にすることにした。

連日のように能勢警部補の取り調べがつづいたが、相変わらず否認していた。

「田所さんに洋服や新車を与えているが、どこで購入したのですか」

「それには答えることができませんね」

「あっちこっちのバーやキャバレーで働いていますが、前借りはしていませんか」

「前借りしていますが、みんな働いて返しています」

「経営者は返してもらえないと言っているんですよ」

「前借りをしたのはどこでも二十万円程度ですし、一晩で十万円ぐらいは稼げるから返済されているはずです」

「大貫さんが返済したつもりでいても、経営者は返してもらえないと言っているんですよ。働いて返したというが、どのようにして稼いでいたのですか」

「おまわりさんはバーやキャバレーに行ったことがありますか」

「暴力バーでトラブルがあったときに出かけたこともあり、少しはわかっていますよ」

「バーにはいろいろのお客が見えますが、酒が好きな人もいれば、ホステスを目当てにやってくる人もいるんです。たくさんのお客さんを相手にしていると、どんな目的でやってきたかわかるようになるんです。バーやキャバレーの経営もさまざまですし、働いているホステスにもいろいろな人がいるんです。店によって異なっていますが、椅子に座ると着席料となり、ホステスを指名すると指名料となるため、あっちこっちに顔を出すと指名料だけでもかなりの高額になるのです。飲み物も市価の何倍もするし、酔ってくると一級酒を頼まれても二級酒を持っていったりするのです」

「そのほかにどんなことをするのですか」

「おまわりさんには話しにくいことですが、できるだけお客さんの要求を入れることにしているのです。酔っぱらってくると抱きついてキスをしたり、パンツの下に手を差し込んでくる客もいるんです。そんなときは料金の割増しをするのですが、もっとも大きく稼ぐことができるのは、店を閉じてからモーテルなどに行って一夜をともにすることです」

「そのように稼いでも割賦代金が支払えないんですか」

「わたしが買ったのはすべて月賦ですし、前借りをしたり、買った品物を入質しては代金の支払いをしているんですよ」

「返済しているといっても一部ではないですか」

「一度に支払うことができないため、少しずつ支払っているんですよ」

大貫さんはだますつもりがなく、返済をつづけていると主張しているが、どこまでが本心なのかわからない。だました取った金の一部を母親に渡したり、好きな男に貢ぐなどの生活をしていたこともわかった。

「母親が住んでいる家の住宅ローンの支払いや生活費に充てていただけでなく、好きな男に貢いでいたこともわかっているんですよ」

「それはわたしが働いて得た金であり、どのように使おうと自由じゃないですか」

どのように追及しても、買った物や得た金を自由に使ったとの主張を変えなかった。

真野刑事が結婚詐欺をしているらしいとの情報を得たため、佐藤鉄工の社長さんから事情を聞いた。

「千代子というホステスを知っていますか」

「知っていますよ」

「どのような関係にあるんですか」

「想像に任せますよ」

「結婚詐欺の被害にかかっている話を聞いたのですが、それは間違いありませんか」

「だまされたのではなく、話を聞いて気の毒に思ったので差し上げたのです」

「どんな話を聞いて気の毒に思ったのですか」

「いろいろと身の上話を聞かされたのです」

佐藤社長は千代子さんから身の上話を聞かされたというが、くわしく語ろうとしない。話しにくいことを聞こうとするのが刑事の宿命みたいなものであり、そのために嫌われることもわかっていた。

「社長さんが千代子と言っているホステスは本名が大貫紀代子であり、逮捕して取り調べをしているんですよ。大貫さんは社長さんから大金をもらったと言っているんですが、どんな理由であげたのですか」

「女房に知られると困ってしまうのですが、一緒にモーテルにいったとき代金を支払って手持ちの十万円を渡しました。その後も身の上話を聞かされて同情し、ねだられて百万円を手渡していますが、バーを辞めてしまったため、その後は会っていません」

「被害の届け出をする気はありませんか」

「公にしたくないし、だまされたわけではないから届け出はしません」

このような事実がわかったため、ふたたび大貫さんの取り調べをした。

「モーテルにいったとき佐藤社長から十万円を受け取り、その後百万円を受け取ってことは間違いありませんか」

「あれはもらったものであり、だましてはいませんよ」

「そんなに大金が入れば割賦代金だって支払うことができたのではないですか」

このように追及するとだまってしまったが、手に入れた物は自分の物だと思っているらしかった。

さらに捜査をすすめ、大貫さんと付き合いのあった岩崎社長を見つけることができた。

「どうして千代子さんと付き合うようになったのですか」

「妻を亡くしてさびしさを紛らわすためにバーにいったとき、ホステスの千代子さんと知り合ったのです。妻に先立たれ話をすると、『わたしも無理やり離婚させられてしまい、マンションで母親と暮らしているんです。生活のためにホステスとして働くようになったのですが、これからもお付き合いをさせてもらえませんか』と言われたのです。弁護士の秘書をしたことがあるといい、裁判のことも明るいので信用してしまったのです」

「その後はどのような付き合いをしていましたか」

「何度か会っているうちに親しくなり、誘われてホテルにいってベットに入って話し合ったとき、『岩崎さんは親切な人ですし、いろいろ話を聞くと、『結婚する前にローンや前借りの返済をしなければならず、百万円ほど貸してもらえないでしょうか』と言われたので都合してやったのです。つぎにモーテルにいったとき、『新車がほしいのですが買ってくれませんか』と言われたのです。結婚を考えていたので断ることもできず、新車を買って与えてからバーにいくと姿を見せなくなり、経営者に千代子さんのことを尋ねると、おれもだまされたと言っていました」

「だまされていたことがわかったのに、どうして届け出なかったのですか」

「公にしたくなかったからです」

「千代子さんの本名は大貫紀代子さんであり、詐欺で逮捕して取り調べをしていますが、それでも届けることができませんか」

「だまされていたのでは、被害の届け出をすることにします」

岩崎社長が大貫さんに貢いだのは、新車を含めて三百万円以上にのぼっていた。

ふたたび大貫さんの取り調べをした。

「岩崎社長からだました取った新車はどのようにしたのですか」

「あれはだましたのではなくもらったものですが、わたしには必要がないので田所さんにあげたのです」

「新車の必要がないのにどうしてねだったのですか」

「田所さんが欲しがっていたからです」

新聞で報道されたために被害の届け出にやってきたり、捜査によって判明した被害者もいた。これらの者から事情を聴取して大貫さんの取り調べをしたが、割賦で買ったと主張するのみであった。

大貫さんはすべての事件を否認していたが、逮捕されてから二十二日目で仏壇をだまし取った容疑で起訴された。余罪の捜査をして立証できたものはすべて送検して一か月余にわたった捜査を終えることができた。

大貫さんの犯行の手口は前借、寸借、商品、月賦、結婚とさまざまなものがあり、判明したものだけでも被害者は十七人におよび、被害の総額は八百万円以上にのぼっていた。検察庁に送致したすべての詐欺事件が起訴されたが、公判でどのような弁解をするかわからない。

この事件の捜査をして知ることができたのは、バーやキャバレーには女と男のドラマが隠されていたことだった。一般の目に触れることは少ないが、大貫さんを取り調べていろいろのことを知ることができた。暴力団幹部の情婦になっているホステスがいたり、暴力バーと暴力団の結びつきもわかった。

大貫さんの犯行が素質によるものか、環境によって生まれたものか、はっきりさせることができなかった。結婚していたときに万引きで警察に捕まり、それが離婚の引き金になっていたことはわかった。罪を悔いて更生の道を歩むようにしたら別の展開になったかもしれないが、そのときから破れかぶれの気持ちになっていたらしかった。

犯行の仕方も女性と男性とは異なっているかもしれないが、本質はあまり変わりがないのではないか。犯罪は欲望を満たすためにおこなわれることが多いが、大貫さんの生き方は色と欲の遍歴みたいなものであった。

ホステスがモーテルにいって客の財布を抜き取ったことが発覚した。捜査一課の刑事に逮捕されて取り調べを受け、暴力団幹部の情婦であることがわかったので捜査二課に連絡があった。暴力団の実態捜査に乗り出したところ、組員が幹部を刺してケガをさせたとして自首してきた。

暴力団担当の剣持部長刑事が事情を聴取した。

「どうして幹部を刺したんですか」

「組から抜けようとしたら三百万円を要求されたからなんだ」

「どうして組に入ったのですか」

「中学校のときにバカにされたため、見返してやりたいと思って組に入ったんだ。事務所の当番を言いつけられ、毎日のように怒鳴られて嫌気がしたので勝手に家に帰ってしまったんだ。すると真夜中に電話があり、『辞めたいんなら三百万円出せ』と脅されたが、そんな金はないと言って断ったんだ。何度も脅しの電話がかかってきたため、組から抜け出すには兄貴にケガをさせるほかないと思ったんだ」

「話は違うが、飲食店に行っていやがらせをしたことはありませんか」

「あるよ」

「どんなことをしたのですか」

「兄貴に連れられて開店したばかりの飲食店にいき、ビールを飲んでいつまでもねばっていたよ。兄貴が入れ墨を見せたものだから店の者は何も言わなかったし、客が寄りつかなくなったことがあったよ。それからどのようになったのかはっきりしたことはわからねえが、店から金をもらっていたようだよ」

逮捕しても事実を認めない組員が多いが、自首してきたためにいろいろの話をした。

岡村刑事が飲食店の経営者から事情を聞いた。

「おたくは、いつ開店したのですか」

「一か月ほど前です」

「開店したとき暴力団にいやがらせをされたことはありませんか」

「ありません」

「逮捕した暴力団員がいやがらせをしたと言っているんですが、それでもなかったと言うのですか」

「警察に届け出ると後で何をされるかわからず、怖かったのでありませんと言ってしまったのです。一か月ほど前のことですが、やくざのような格好をした三人の若い男が見え、入れ墨をちらつかせながらビールを飲んだのです。客が寄りつかなくなってしまったが、お客さんであったから出ていってくれとも言えなかったのです。いやがらせであることはわかっていましたが、乱暴したり、脅されたわけではありません」

「その後、警備料という名目で金をせびられていませんか」

「いやがらせがつづくと店の営業に差し支えるためにあげましたが、脅されてあげたわけではありません」

脅されることを恐れていたらしく、脅されてあげたわけではありませんと言った。犯罪になるとしても立証が困難であったため、捜査をつづけると、会社員を脅して五万円をまきあげた恐喝事件が判明して二人の組員を逮捕した。

取り調べによって幹部の早川義夫さんが関係していたことが明らかになった。剣持部長刑事らが任意同行を求めて本署に連れてきたため、能勢警部補が取り調べをした。

「二人の組員を逮捕して取り調べをし、早川さんが共謀していた事実が明らかになったのですが、そのことに間違いありませんか」

「二人がどんなことをしゃべっているかわからないが、おれは何も知らないよ」

「子分の話は信用できるが、早川さんの話は信用できないんだよ」

「おれにいじめられたから子分がウソを言っているんだ」

どのように取り調べても知らないと言うばかりであり、逮捕する以外の方法が見つからない。子分がウソを言っていれば誤認逮捕になりかねないが、署長の決断によって逮捕状の請求となった。

「早川さんの意に沿わないかもしれないが、逮捕状が出たので逮捕することにするよ。何か弁解することはありませんか」

「おれは何も知らないし、どんなに取り調べられても認めることはできないね」

このように事実を認めず、検察官の取り調べでも否認していたが、裁判官から十日間の勾留が認められたため、引き続いて取り調べをした。

二人の子分は事実を認めたのに早川さんは否認していたが、勾留期間が終わると同時に三人とも起訴された。

早川さんの余罪の捜査となった。

「キャバレーのホステスに知り合いはいませんか」

「そんな者がいるわけがないじゃないか」

「それが事実なら情報が間違っていることになるんだが、ほんとうに知り合いのホステスはいないんですか」

「いないよ」

「いないと言うことはできるが、早川さんの捜査をしていろいろのことがわかったんだよ。否認をつづけるのがよいか、正直に話すのがよいか、賢明な早川さんにはよくわかることではないですか。きょうの取り調べはこれで終えることにするが、あすの取り調べをするまでじっくりと考えてくれないか」

　留置場に戻った早川さんがどのように考えたか知ることはできないが、翌日、取り調べを再開したとき少なからず変化のあることがわかった。

「夕べはどんなことを考えましたか」

「刑務所にいってから再逮捕されたんじゃかなわないから、しゃべることにしたよ」

「ターゲットになったのは、だれですか」

「競輪選手の喬木だよ」

　事実を確かめるため、剣持部長刑事が自宅を訪れて喬木さんから話を聞いた。

「喬木さんは暴力団に脅されたことはありませんか」

「ありません」

「ないと言っても、逮捕した暴力団員が百万円を脅し取ったと認めているんですよ。それでもないと言えますか」

「ありました」

「どうして届け出なかったのですか」

「競輪ができないようにするぞ、と脅されていたからです」

「暴力団幹部がすべて話していますが、それでも話すことができませんか」

「一か月ほど前のことですが、友達とキャバレーにいったのです。一人になったときにホステスから、『こんどは一人で来ませんか』と耳元でささやかれたのです。家に帰ってからも忘れることができず、数日したとき一人で出かけていって店の暗いボックスで腰を下ろすと笑顔を見せてやってきたのです。何度かキャバレーにいっているうちに親しくなり、閉店してから誘われるままモーテルに行ってしまったのです」

「その後はホステスと会わなかったのですか」

「それから三日ほどしたとき、入れ墨をした三十五歳ぐらいのやくざ風の男が見えたのです。『どうしておれの女を寝取ったのかね。この落とし前をどうしてくれるんだ』とすごまれたのです。客の声がしたので女房が出てくると、急いで入れ墨を隠してふつうの言葉づかいになり、女房がいなくなると、『金で話がつけばいいんだが、話がつかないとなると、どうなるかわかっているんだろうな』と金の要求をしてきたのです。少し待ってくれませんかと言うと、『まさか、サツに届けるつもりじゃないんだろうな。そんなことをすれば、これからは競輪ができなくなることを覚悟するんだな。家の中で野暮なことを言いたくないが、おれが電話したら指定した場所にくるんだな』と言って帰っていったのです」

「それからどのようになったのですか」

「二日後に松井ホテルのロビーに呼び出され、『金が欲しいんだが、二百万円で手を打つ気はねえか』と言われたのです。そんな大金は都合ができませんと返事をすると、『A級の選手がそんなちっぽけな金が都合できないのかね。ホステスにはかなり自慢していたというじゃないか。都合がつかなければ半分にしてやるが、それもだめかね。どうしても断るというんなら女房に知らせてやるまでだ』と脅してきたのです。断り切れなくなり、やむなく承諾してしまったのです。ふたたびホテルに呼び出されて百万円を手渡すと、『あと百万円を出せばご破算にしてやるよ』と要求されたが、そのときは金はないからと言って断ったのです。するど、『金が出せないんなら手加減してくれないか。今度のレースで入賞しないか、それとも百万円を出すかどちらにするんだ』と怒鳴ったのです。どちらも承諾できなかったため返事をしないでいると、『どうするんだね。いつまでもだまっていたんじゃわからねえじゃないか』と脅すような言い方をしたのです。それでも断りつづけると、『ここにいるのはおれとおまえさんだけなんだ。何回もやってくれというんじゃないんだよ。つぎのレースで入賞しないだけでいいんだ』と八百長をするように求めてきたのです」

「承諾したのですか」

「どうしても受け入れることはできず断りつづけると、『それでは、奥さんに知られてもいいんだね。新聞や競輪の関係者に知られてもいいんかね』と言い出したのです。どのようになってもいいと思い、ふて腐れて返事をしないでいると、『こんどのレースは入賞しないことにするんだぞ』と念を押してきたが返事ができなかったのです」

「そのレースは約束を守ったのですか」

「そんなことはできません」

「その日のレース結果を調べたところ、入賞していないことがわかったのですよ」

「暴力団にいわれたが、それで実行したわけではありません」

喬木選手は八百長をしたことを強く否定していたため、その事実を明らかにすることができなかった。早川さんは約束が守られたと思ったらしく、その後は喬木さんは脅されなくなっていたが、脅しのネタをつかまれたことに変わりはなかった。女房や新聞に知らせるなどと言って脅かすのは暴力団の常套手段みたいなものであったが、公にされて困るのは暴力団も同じであった。

暴力団犯罪の情報をもっともよく知っているのは組員や関係者である。刑事はそれらの人たちから情報収集に努めるが、協力を得るのはむずかしい。暴力団も捜査情報を知ろうとして担当の刑事を手なずけようとするが、これとてうまくいかない。刑事は幹部や組員を逮捕して取り調べたりするため、妙な人間関係が生まれるが、一線を越えることはできない。

暴力団員が交通事故を起こし、保険金をだましているとの情報を得たが、かかわりたくないと思っている人が多く、協力を得ることができない。

岡村刑事が顔見知りの宇佐美さんのところへ聞き込みにいった。

「わざと交通事故を起こし、保険金をだましている話を聞いたことはありませんか」

「ありませんね」

何か知っていると思われたため、さらに聞き込みをつづけたが、新たな情報を得ることができなかった。保険会社のセールスが若い警察官に勧誘にきたとき、剣持部長刑事が言葉をかけた。

「暴力団員がわざと交通事故を起こし、保険金をだまし取っている話を聞いたのですが、そのことは知りませんか」

「そんなうわさ話を聞いたことがありますが、具体的なことはわかりません」

宇佐美さんの返事が一つの点とすれば、セールスの話の方が具体的であったが、たんなるうわさ話であった。火のないところには煙は立たないと言われており、能勢警部補は保険会社で働いている顔見知りのセールスを訪ねた。

「わざと交通事故を起こし、保険金をだましている人がいるという話を耳にしたのですが、そのような事例はありませんか」

暴力団の名を出せば言い渋ることが考えられたため、一般の事例として質問をした。

「交通事故を装った保険金詐欺と思えるものはありますが、わたしどもでは断定するのは困難です」

「保険金詐欺は連続しておこなわれる傾向があり、同じ人が何回も事故を起こしていたり、同様の事故を起こしたりするケースはありませんか」

雑談をしながら数人の名前をあげてもらうと、その中に暴力団幹部の島崎源一さんの名前があった。どんな事故か具体的に調べると、電柱に衝突したり道路から転落するなどであったが、いずれも警察への申告がなされていなかった。多額の保険金を受け取っており、使用していた自動車はすべて富永自動車の所有になっていた。

剣持部長刑事が富永社長から事情を聞いた。

「島崎さんが富永自動車の車で事故を起こしているが、貸したことはありますか」

「あります」

「どんな理由で貸したのですか」

「島崎さんが自動車の修理に見え、修理が終えるまで貸したのです」

自動車を貸したことは認めたが、脅かされていたらしく言葉をにごしており、保険金詐欺の捜査がむずかしくなってきた。

島崎さんの身辺捜査をすると、妻と二人の子どもと新築の住宅に住んでいた。どのような仕事をしているかわからなかったが、大型のトラックの助手として働いたことを聞き込んだ。トラックの所有者は城山晴男さんであったが白ナンバーであり、二人の間に何か関係があるものと思われたので内偵をつづけた。

城山さんが大量のりんごを運んで帰ってきたのを見たということを聞き込み、その捜査を優先することにした。刑事日報の「品あり持主を求む」によって被害の有無を調べると、輸送目的で商品をだまし取る手口の犯罪は各地で発生していた。りんごをだまし取られていたのは青森県の青果市場のみであり、青森県警から「被害通報票」の写を取り寄せた。百二十ケースのりんごがだまし取られており、被害者が控えていたのは車種と栃ナンバーのみであった。栃ナンバーについて調べると、りんごがだまし取られた日の二日前にナンバープレートだけ盗まれていた。

犯行に使用された大型トラックは、城山さんが使用しているのと同じ色の同じ型であった。犯行に使用された疑いがさらに強くなったが、りんごがどこに処分されたかまったくわからない。

島崎さんには恐喝の前科があったため、写真を青森県警に送って確認してもらったが、薄暗いところで見たため確認できないとの回答であった。

大量のりんごを取り扱うところはかぎられており、大手のスーパーや青果市場などをめぐるなどして調べた。すると、被害にあった翌日にだまされたのと同じ数量のりんごが、城山晴男さんの名前で東邦市場に出荷されていたため、剣持部長刑事らが任意同行を求めて事情を聴取することにした。

「城山さんは、大型のトラックを運転して青森にいったことはありますか」

「ありません」

「青森を通ったことはありますか」

「あります」

「どんな用件でしたか」

「北海道まで荷物を運んだとき、行きも帰りも通っています」

「大量のりんごが城山さんの名前で東邦市場に売られていますが、それは事実ですか」

「売っています」

「そのりんごは、どこから仕入れたのですか」

　このような質問をするとだまってしまった。

「どうして答えることができないんですか」

　それでも口を開こうとしない。

「東邦市場に大量のりんごを売ったことを認めながら、どこで仕入れたかどうして答えることができないんですか」

「青森県の市場から購入したのです」

「それなら初めから答えることができたのではないですか」

「だましていたから返事をすることができなかったのです」

「だれとやったのですか」

「一人です」

「青森の市場の人の話では二人で来たということですが、ほんとうに一人でしたか」

　どのように追及しても一人でやったとの供述を変えようとしない。

岡村刑事が城山さんの妻から事情を聞いた。

「城山さんは北海道へ出かけたことはありましたか」

「ありました」

「一人でいったのですか、それともだれかと一緒でしたか」

「島崎さんと二人で出かけていきました」

「どんな用件でしたか」

「それは聞いていません」

剣持部長刑事は岡村刑事の報告を受けて城山さんを追及した。

「奥さんの話によると、島崎さんと一緒に北海道へ出かけたということです。それでも一人だったと言い張ることができますか」

「島崎さんは北海道の出身であり、北海道まで運ぶ荷があったので助手に頼んだのです。栃木までいったとき、『車を止めてくれないか』と言われ、何をするんですかと尋ねると、『帰りの車が空車になってはもったいないから荷物を積んで帰る準備をしておくのさ』と言ったのです。どんなことかわからなかったが、車を止めると大型トラックのナンバープレートだけ盗んできたのです。島崎さんはいろいろのことを知っていたらしく、荷物を運び終えると魚を探すことになったのですが、漁期が過ぎていたために手に入れることができなかったのです。空車のまま青森まで戻ったとき、島崎さんがどこかに電話して斡旋業者から青果市場を紹介されたのです。盗んだ栃ナンバーに付け替えて市場にいくと、市場ではナンバーだけチェックして倉庫へ案内し、フォークリフトで百二十箱のりんごを積んでもらったが、運賃は着払いとなっていたのでもらうことができなかったのです」

「どうして東邦市場に処分することにしたのですか」

「りんごをだまし取ることや処分することは、みんな島崎さんが考えたことです」

城山さんはこのように白供したため、剣持部長刑事が島崎さんの任意同行を求めた。

「島崎さんは、城山さんと一緒に北海道へ行ったことがありますか」

「ないよ」

「ないと言っても城山さんが一緒に行ったことを認めているんだよ。そのことで事情を聴きたいから本署まで来てくれませんか」

「いやだね」

「城山さんが一緒に行ったことを認めているが、それでも出頭できないというんですか」

「無理に連れていくというんなら逮捕状を見せてくれないか」

「逮捕状はないが、青森県でりんごをだまし取ったかどうか、そのことについて聴きたいのだよ。それでも出頭できないというんですか」

説得に応じて出頭することになったが、剣持部長刑事が任意と思っていても島崎さんは強制されたと思ったかもしれない。

能勢警部補が島崎さんの取り調べを始めた。

「島崎さんはほんとうに北海道へ行ったことはないんですか」

「ないね」

「城山さんが大型のトラックを運転し、島崎さんを助手に頼んで一緒に北海道へ行っていると話しているんだよ」

「それではそのようにすればいいじゃないか」

「どうして北海道へ行ったのですか」

「城山に聞けばいいじゃないか」

「城山さんがすべてしゃべっているんだよ」

「それだったらおれがしゃべる必要はないじゃないか」

「北海道へ一緒に行った帰り、青森の市場からりんごをだまし取ったことがあるかどうか、それを聴きたいんだよ」

「だましたかどうか、おれにはわからないね」

「りんごを受け取ったかどうか、それはわかっていたんですか」

「それは知っているよ」

能勢警部補はいろいろ質問したが、島崎さんは反発しながら警察の出方を伺っているようだった。

「栃木県内で大型トラックのナンバープレートを盗んだことはなかったですか」

「それは誘導尋問じゃないか」

「あったかなかったか、それを聴いているんだよ」

「イエスともノーとも言えないね」

「島崎さんがどのような弁解をしようとも自由だが、おこなわれたことは取り消すことができないんだよ。盗んだナンバープレートに付け替え、青森の市場に行ってりんごをだましたことを城山さんが認めているんだよ」

「それまでわかったんじゃ認めることにするか」

このように言って自供するようになったため、二人の逮捕状を請求して通常逮捕した。

能勢警部補は引き続いて島崎さんの取り調べをした。

「りんごを売った金の配分は、どのようになっていましたか」

「折半だったよ」

「その金はどのように使ったのですか」

「生活費や住宅ローンや車の購入代金に充てていたよ」

剣持部長刑事が城山さんの取り調べをし、二人の供述に矛盾が見られず、検事さんからの取り調べも事実を認めた。

城山さんには余罪がなかったが、島崎さんには保険金詐欺の疑いがあったため、剣持部長刑事が富永自動車の社長さんを呼び出して事情を聴取した。

「島崎さんを逮捕して取り調べていますが、自動車を貸したときのことをくわしく話してくれませんか」

「この前は脅されていたので話すことができなかったのですが、逮捕されたんじゃすべて正直に話すことにします。昨年の暮れのことでしたが、故障した自動車の修理を終えて代金を請求すると、入れ墨をちらつかせ、『ポンコツの車を貸してくれれば修理代を支払ってやるよ』と言ったのです。暴力団とわかったので仕方なく中古車を貸すと、その自動車で交通事故を起こしてふたたび修理にやってきたのです。修理代をもらうことができたため、それで済むと思っていたところ、半月ほどしたときにふたたび見えたのです。『料金を支払うからポンコツ車を貸してくれないか』と言われたが、おかしいと思ったので断ったのです。すると、『すでに保険金詐欺の仲間に入ったんだから、いまさら抜けるわけにはいかないんだ。どうしてもだめだというんなら、この工場をぶっ壊してやるまでだ』と脅されて仕方なく貸したのです」

「いままで何回ぐらい貸していますか」

「三回です」

「脅されたのにどうして届け出なかったのですか」

「届け出れば何をされるかわからず、怖かったからです」

富永社長から事情聴取が終えたため、能勢警部補が島崎さんの取り調べをした。

「いままでに交通事故を起こしたことはありませんか」

「ないよ」

「事故を起こして保険金を受け取ったことはありませんか」

「事故を起こしていないんだから、そんなことができるはずがないじゃないか」
「富永自動車修理の社長さんを知っていますか」
「知らないね」
「誘導尋問だと反発されるかもしれないが、保険会社のセールスは島崎さんに保険金を支払ったと言っているし、事故を起こした車両が富永自動車の所有であることがはっきりしているが、それでも富永社長を知らないと言い張ることができますか」
「そこまで調べてあるんじゃウソがつけなくなってしまうよ」
「それではほんとうの話をしてくれないか」
「富永自動車から車を借りてわざと交通事故を起こし、保険金を受け取っていたことは間違いないよ」
「何回交通事故を起こしていますか」
「覚えがないね」
「自動車は買ったんですか、それとも借りたのですか」
「借りたんだ」
「事故を起こした車の損害賠償はしていますか」
「三十万円を返済しているよ」
「資料によると、三回の交通事故を起こし、二百五十五万円の保険金を受け取ったことになっているが、それに相違ありませんか」

「保険会社がそのように話しているなら、そういうことになるね」

「どのように事故を起こしたのですか」

「運転を誤って溝に落ちたり、コンクリートの電柱に衝突したりしたよ」

「どうして警察に事故の申告をしなかったんですか」

「保険金をだまそうとしていたんだよ。警察に届け出られるわけがないじゃないか」

「事故を起こして危ないとは思わなかったのですか」

「危険であることはわかっていたが、保険金をだまし取るためにスタントマンのまねをしたんだよ」

「富永自動車の社長さんを脅したことはありませんか」

「借りに行ったら断られたため、大きな声を出したことはあったよ」

「工場をつぶしてやるぞと脅したことはなかったですか」

「そんなことは言っていないよ」

「どうしてポンコツの車に百五十万円の保険をかけることができたんですか」

「保険会社がどんな査定をしたか、おれにはわからないよ」

「保険会社の人を脅していませんか」

「脅してはいないよ」

「保険会社のセールスの話によると、不正をばらしてやると脅されたために高値の査定をしたと言っているんだよ」

「申し込みをしたが断られたため、腹を立てて大きな声を出しただけだよ」

「入れ墨を見せていませんか」

「セールスが見たかどうかわからないが、おれは見せてはいないよ」

「島崎さんはいろいろのことを知っているが、どこで覚えたのですか」

「生きるためにいろいろ知っている方がいいと思い、刑務所でひまに任せてたくさんの本を読んだんだ。詐欺師には法律や手形などにくわしい者がいたし、更生させるために刑務所ではさまざまな技術を身につけさせていたんだ」

「それを悪用したわけですか」

「生きていくためには、いろいろのことをしなければならないんだよ」

「いままでの捜査によってさまざまな事実がわかったが、いまも保険金はだましていないと言い張ることができますか」

「真綿で首を絞めるような取り調べをされたんじゃ、いつまでも否認してはいられないや。すでにりんごをだましたことだって認めてしまったし、否認していても起訴されるのに間違いないと思うようになったんだ」

このように言って保険金をだましていたことを認めたが、それは関係者の話とも合致していた。運送業者の城山さんや富永自動車の社長さんや、保険会社のセールスもみんな島崎さんに弱みをにぎられていた。暴力団幹部と知らずに助手に頼んだため、城山さんは子分のようにこき使われるはめになった。逮捕を免れたものの富永自動車の社長さんも共犯として取り調べられ、書類を検察庁に送られたが起訴猶予になった。

暴力団はさまざまな形で情報を集めており、政治家や弁護士などもターゲットにされていた。不正をにぎられていた森田社長は、島崎さんに二百万円を脅し取られていたが警察に届けることができなかった、被害の総額はわかっただけでも数百万円にものぼっており、受け取っていた金の大半は生活費や住宅ローンの支払いに充てられ、一部が暴力団の上納金になっていた。

汚れた町

山崎町の町議会議員の選挙が始まり、取り締まりに出かけようとしたとき中年の男にすれ違った。一瞬、どこかで会ったような気がしたが思い出すことができない。相手も立ち止ってまじまじと見ていたが、思い出したらしく言葉をかけてきた。

「むかし、石原さんの家で下宿をしていたことはありませんか」

「ありました」

「それでは能勢さんですね」

そのように言われて二十数年前のことがよみがえってきた。

「どんな用件でやってきたのですか」

「わたしは森本ですが、いまは小さな設計会社をやっているんです。資金繰りのために手形の割引を頼んだところ、持ち逃げされて困っているんです」

「部屋に入ってゆっくり話を聞かせてくれませんか」

「二十五日までに入金しないと不渡りを出してしまうため、手形を割り引いて資金をつくろうと思ったのです。知人の紹介で坂上という男に手形の割引を頼んだのですが、いつになっても連絡がなかったのです。坂上というのは家に寄りつかず、暴力団と付き合いがあってマージャン荘に出入りしていることがわかったのです。警察で調べてもらうほかないと思い、恥をしのんでやってきたのです」

「どこのマージャン荘か、わかりますか」

「くわしいことはわかりませんが、白井町のオーシャンというマージャン荘のようです」

「警察は民事には介入できませんが、手形がパクられたかどうか調べることにします」

「なつかしい人に会ったから、仕事が終えたら一杯やりましょうか」

「あいにくとタバコも酒もやらず、そのような付き合いができないんですよ」

下宿していたとき一階が建築会社の事務所になっており、森本さんはその会社の社員であった。当時はあいさつを交わす程度であったが、雑談をしながら社長さんや女子事務員などの消息を聞くことができた。

早速、オーシャンというマージャン荘に電話した。

「こちらは高前署の能勢警部補ですが、お宅に坂上さんは出入りしていませんか」

「最近は見えませんが、どんな用件ですか」

「本人が知っていると思いますが、見えたら警察に連絡するように話してくれませんか」

森本さんが相談に見えてから三日したとき、はずんだ声の電話があった。

「けさ、新聞を取りにいったらパクられた手形がほうり込まれていました。おかげで取り戻すことができました。ありがとうございました。ありがとうございました」

犯罪になるかどうかわからないが、手形が戻ったことでホッとさせられた。

山崎町の町議会議員の選挙は、定数が二十四名のところに二十八名が立候補していた。

選挙違反の取り締まりに従事していたとき、森本さんから電話があった。

「山崎町の小学校の建設にからみ、田中設計が大田町議にワイロを贈っているらしいという話を聞きました。はっきりしたことがわかったら知らせます」

どんなに内偵してもわからないことであっても、同業者にはさまざまな情報が入るらしかった。森本さんがくわしく話したがらなかったのは、警察に知らせたことがばれることを恐れてのことらしかった。

大田町議は三期連続当選して議会の実力者の一人とみなされており、今回も当選間違いないといわれていた。身辺捜査をしたところ、議会では一匹オオカミみたいな存在になっており、仲間の議員が少ないことがわかった。

告示前の選挙運動は禁止されているが、山崎町にあっては告示になったときは選挙運動が終わったといわれていた。被選挙権があればだれも自由に立候補できることになっているが、目に見えない制約があることもわかってきた。

選挙には三バン（カバン、ジバン、カンバン）が大事だといわれていたが、町の議会議員の選挙では集落の推薦が必要であった。実績があるから集落の推薦が得られるとはかぎらず、長老によって決められたり、輪番になっているところもあるという。親類や集落や人間関係が微妙にからみ合っており、優先順位によって投票がなされる傾向にあった。

町の人たちから見ると刑事はよそ者であり、聞き込みにいっても接触を避けようとする傾向があった。現金や酒やエプロンが配られたという情報が入っても、協力する者が皆無であったから確かめることができない。そのために隣接する市町村の酒屋さんなどを訪ね、大量の取引の有無を調べるなどした。

町議会議員選挙は二百票ぐらいをめどに争われるため、わずかの差で当落が決まることが少なくなかった。浮動票と思えるものはいたって少なく、駐在所の巡査や家族や、最近転入してきた住民などごく一部にかぎられていた。

戸別訪問や買収などは法で禁止されているが、このようなことは半ば公然とおこなわれていた。頼みに来ないから票を入れないという有権者もおり、禁止されている戸別訪問は選挙に欠かせないものとなっていた。戸別訪問を利用して現金や物が配られたりするが、受け取れば味方、断れば敵という区分けになっていた。選挙は自由投票が原則になっているものの、この町の議員選挙には契約投票みたいな側面があった。

刑事が選挙違反の聞き込みをなし、断片的な情報であったが選挙違反の輪郭が徐々にわかってきた。能勢警部補は選挙違反の捜査を兼ねながら贈収賄の内偵をつづけたが、違反の事実をつかむことができなかった。

投票が終わって開票が済み、トップで当選したのは四百四十票を得た新人の荒木さんであった。副議長の経験のある安田さんも三百以上の票を得て当選したが、ともに近隣の高前市や岡村町の酒店から酒やビールを購入していた。購入していた時期は投票日の一か月ほど前であり、町議会議員選挙に関係があると思えたので任意同行を求めることにした。

能勢警部補が安田さんから事情を聴くことにした。

「安田さんは、酒やビールが好きですか」

「好きな方です」

「有権者に酒とビールを配ったことはありませんか」

「ありません」

「岡村町の半田酒店から酒やビールを購入したことはありませんか」

「ありません」

「安田さんの名前で大量の酒を購入しているが、だれが買ったのですか」

このように尋ねるとだまってしまった。

「どうして返事ができないんですか」

それでも、うつむいたまま口を開こうとしない。

「買ったか、買っていないか、簡単に返事ができると思うんですが」

深刻な表情をしてだまっていたため、より疑いが増したが、無理に口を割らせようとはしなかった。

「安田さんがだまっていても、おこなったことは取り消すことはできないんですよ。買っていなかったら買っていなかったと言えばいいことだし、だまっていたのでは何もわからないではないですか」

「買いました」

か細い声でこのように言った。

「買った酒やビールをどのように処分したのですか」

「有権者に配りました」

「どのようにして配ったのですか」

「何も言わずに配ったり、よろしくと言って配ったりしました」

安田さんの事情聴取を始めてから、このような供述を得るまで三時間ほどかかったが、それだけ事実を話しにくかったからかもしれない。

供述の裏付けをするため、酒を配られた人たちからも事情を聴取したが、だれもが受け取ったことを否定していた。安田さんが自供していることを知らせると、しぶしぶと承諾したため被疑者として任意の取り調べをした。いままでこのようなことをしてきたが、一度も取り調べられたことはなく、だれもがショックを受けたらしかった。

買収の事実が裏づけられたため、公職選挙法違反で安田さんを通常逮捕し、引き続いて取り調べをした。

「酒を配って断られたことはありましたか」

「ありました」

「そのときどうしましたか」

「つぎはお願いしますよと言いました」

「票を読むという話を聞いたことがありますが、どのようにして読むのですか」

「有権者の名簿を手に入れてそれに印をつけていくのです。間違いなく票が得られる者には○印をつけ、絶対に得られない者には×印をつけていくのです。だれに投票するかわからない者には△印をつけ、その者を重点にして票を得る努力をしていくのです。酒やビールを持っていって投票の依頼をし、受け取れば○印にし、断られると×印にしていくために票を読むことができるのです」

「そのようなことをしていてもばれないのですか」

「町の選挙ではむかしからおこなわれていたが、いままで取り調べを受けたことはないんです。酒やビールを配っても警察に話す人はいないし、警察に話せば村八分にされることをだれもが知っているからです」

今回は贈収賄の捜査を兼ねていたため、徹底した取り締まりがおこなわれという事情もあった。

荒木さんの事情聴取は、美山部長刑事が担当した。

「荒木さんは酒を配ったことはありませんか」

「ありません」

「たくさんの酒を購入したことがわかっているんです。その酒はどのようにしましたか」

うつむいたままだまってしまった。

「荒木さんが飲んだのですか」

「選挙で配ったのです」

配った先が明らかになり、酒を受け取った人たちからも事情を聴いた。

二人の取り調べをして選挙違反の事実が明らかになった。逮捕状を得て通常逮捕するとともに捜索令状を得て自宅の捜索をし、家計簿や後援会関係の資料を押収した。

引き続いて能勢警部補が安田さんの取り調べをした。

「どうして立候補するようになったのですか」

「以前、代議士の秘書をしていたこともあったし、町の青年団長をしたこともあったのです。町議になってから町長になり、県議会議員になってから代議士になることを夢見ていたのです。選挙で酒を配ることが違反になることは知っていましたが、ほかの候補者も酒を配っている話を聞かされて負けまいと思ったのです。選挙人名簿などによって得票の計算ができましたが、それだけでは不安だったので、酒を配って確実に当選することを考えてしまったのです」

安田さん、荒木さん以外に検挙された候補者はいなかったが、違反の事実をつかむことができなかったからである。

候補者のなかには、時間をつぶして選挙運動をしてもらうのだからお礼をするのは当然だと考えている者がいた。有権者のなかには、知っている人が酒を持ってきたので断ることができなかったと話す者もいた。どのような事情があるにしろ、断れば敵とみなされるため、やむなく受け取った者もいた。

選ぶ側にも選ばれる側にもこのような考えがあっては、いつになっても買収や供応がなくならない。それだけでなく、警察の捜査に協力しただけで村八分にされかねず、これが捜査をむずかしいものにしていた。

この町議会議員選挙では、二人の候補者と三人の運動員が逮捕されて九十六人が任意の取り調べを受けた。二人の候補者が有権者に配ったのは酒が二百本以上、ビール二十ダースであり、女性の有権者にはエプロンが配られていた。

選挙違反をした候補者は逮捕されて取り調べられ、買収や供応を受けた有権者も任意で取り調べられた。いままで当たり前のようにおこなわれていた買収であったが、だれもが大きなショックを受けていた。今後の選挙運動のあり方に影響するかもしれないが、供応や買収が根絶される保証はなかった。


選挙違反の捜査をしたため、山崎町の様子がかなりわかった。

山崎小学校の木造校舎は老朽化がひどく、危険校舎に指定されていたため改築することになった。決まるまでさまざまな工作がおこなわれ、町の指名業者になるための許可願が提出されていた。議会の総務委員会で審議されていたが、ほとんどが保守系の無所属の議員であったから仲間内みたいなところがあった。うわべはともかくとして、内心では敵対関係にあったから妙なところで対決があったりした。

山崎町にあっては町の行政にも、くちばしを差しはさむ議員がいたし、町長さんも少なからず議員の援助を受けていた。設計も入札が建て前になっていたが、地元の田中測量設計に請け負わせる動きが強まってきていた。

内偵には限界があり、どのようにしても事実を解明することができない。このような状態になっていたとき森本さんから電話があった。

「ワイロを受け取った大田議員はいったんは返したが、ふたたび受け取って預かっているようです」

森本さんはだれから情報を入手したか話さないし、能勢警部補もあえて聞こうとしなかった。さらに内偵をつづけたが、関係者から事情聴取をすると、証拠隠滅されるおそれがあったから突っ込んだ内偵ができなかった。これ以上捜査をつづけても証拠をつかむのは困難な状況になり、どのようにするか捜査関係者で検討がなされた。

課長が発言をした。

「汚職事件には代議士が関係していることもあり、情報が確かだとしても証拠がなければ取り調べることはできないよ」

ついで能勢警部補が発言した。

「これ以上捜査をつづけても新たな証拠を見つけることはできないと思うんです。本人から事情を聴くだけだったら問題はないのではないですか」

他に発言する者はいないため、課長が言葉をつないだ。

「こうなっては署長の指揮を仰ぐほかないな」

課長が署長に対して指揮伺いをした。

「贈収賄事件の捜査はむずかしいが、情報に間違いないと思われるので本人から事情を聴くだけだったら問題はないのではないか」

能勢警部補と美山部長刑事の二人が署長に命ぜられ、本人から事情を聴くことになったが、一種の賭けみたいなものであった。

さまざまな経験をしてきた能勢警部補であったが、このようなことは初めてであった。どのように話を切り出したらよいか考えながら玄関をまたぎ、奥の間から出てきた奥さんに警察手帳を示した。

「大田議員に用件があるのですが、いらっしゃいますか」

上がりがまちで待っていると、大田町議が見えた。

「ざっくばらんに尋ねますが、田中測量設計から五十万円が贈られていませんか」

前置きなしに尋ねたのは、考える余地を与えないためであった。

何か考えているらしくだまってしまった。能勢警部補はワイロが贈られているのに間違いないと思い、大田議員の言葉づかいと動作に気を配っていた。

「だれから聞いたのですか」

やや間をおいてから口を開いた。

「うわさですから出所はわかりませんね」

大田さんがどのように受け止めたかわからないが、奥座敷から茶封筒を持ってきた。

「これが預かっている五十万円です」

「ここで確認させてもらいます」

指紋がつかないように気をつけながら数えると、一万円札が五十枚あった。情報に間違いないことがわかったが、封筒の表書きは陣中見舞となっていた。

「いつごろ、だれから、どのような理由で受け取ったのですか」

そのことには答えられないらしく、重苦しい沈黙がつづいた。

このとき、奥さんがお茶を運んできたために話題を変えざるを得なかった。

「交通安全協会の役員をなさっているようですが、長いのですか」

「十五年以上になり、表彰されたばかりなんです」

雑談をしてお茶をにごしたが、いつまでも自宅で事情を聴いているわけにもいかない。

「くわしい話を聴きたいのですが、本署まで来てもらえませんか」

「はい、わかりました」

引き続いて本署において事情聴取した。

「さきほどの質問のくり返しになりますが、いつ、だれからどんな理由で受け取ったのですか」

「わたしが出張していたとき、妻が田中社長から預かったのです。受け取る理由がないので断りの電話をし、その翌日に知人を通じて返すと、すぐに営業課長だという人と一緒に見えたのです。『これは陣中見舞だから受け取ってくれませんか』と言ったのですが、この町の議員選挙では一万円か二万円が相場になっているのです。あまりにも金額が大きいので断ると、封筒に陣中見舞と書いて無理やり置いていったのです。そのような金に手をつけることができず、預かったままにしておいたのです」

「田中さんはそのことを承知しているわけですか」

「わたしが説明したから知っているはずです」

「どうして現金を持ってきたと思ったのですか」

「小学校の改築の設計をだれにするか、総務委員会で話し合ったことがあったのです。委員の大多数が地元の田中測量設計がいいのじゃないかと言ったのですが、実績がなかったので反対したのです。そのことを委員のだれかが田中社長に話したため、五十万円の現金を持ってきたものと思ったのです」

五十万円の現金が田中測量設計の社長さんから贈られており、大田議員に職務権限があることがはっきりした。能勢警部補はいままでの捜査の過程を報告書にして課長に提出すると署長に報告され、署長が本部長の指揮を仰いだ。

「山崎小学校の改築をめぐり、大田議員が田中測量設計から五十万円のワイロを受け取っていたことがはっきりし、逮捕して取り調べてもよいでしょうか」

「職務権限の有無がはっきりしていないから、その点を詰めておくようにしてくれ」

町役場から議会関係の書類の任意提出を受けて検討し、町議会の総務委員会に権限のあることがはっきりしたため、再度の指揮を求めた。

「任意出頭を求めて取り調べをし、自供を得ることができたら逮捕してもよい」

本部長の指揮を得ることができたため、捜査員は二手に分かれて社長と営業部長の自宅に向かった。

能勢警部補は田中設計の社長に事情を説明して任意同行を求めると、素直に応じた。

「大田議員に五十万円の現金を贈ったことはありませんか」

「あれは陣中見舞でした」

「封筒には陣中見舞と書いてありますが、ほんとうに陣中見舞だったのですか」

「そうです」

「山崎町にあっては陣中見舞は町長選挙で最高が十万円であり、町議会の選挙になると最高でも五万円といわれていますが、そのことを知っていますか」

「知っています」

「どうして五十万円にしたのですか」

田中社長はだまってしまった。

「他の議員にも贈っていますか」

「贈っていません」

「大田議員にだけ贈る理由があったのですか」

「いろいろとお世話になっているからです」

「大田議員が総務委員会の委員であることは知っていますか」

「知っています」

「総務委員会でどのような発言をしたか、それは知っていましたか」

「知り合いの議員から聞かされており、どうしても設計を請け負いたかったのです。一度は返されてしまいましたが、そのままでは受注できないと思って、営業課長と一緒に行ったのです。このときも受け取りを拒否されてしまったが、陣中見舞だと説明するとしぶしぶと受け取ったのです」

「ほんとうに陣中見舞だったのですか」

「ワイロとなれば法に触れるため、陣中見舞としたのです」

「それではワイロと同じことになるんじゃないですか」

「そのようにとられても仕方ありませんね」

　美山部長刑事は、営業課長の取り調べをした。

「社長さんが大田議員に現金を贈ったとき、一緒に行かなかったのですか」

「行きません」

「行かなかったといっても、すでに社長さんが自供しているんですよ」

「それなら認めることにします」

「課長さんが大田議員の自宅に行ったのは何回でしたか」

「一回だけでした」

「このとき大田議員はいましたか」

「おりました」

「社長はどのように言って渡したのですか」

「陣中見舞と言って渡していました」

「金額がいくらかわかりますか」

「わかりません」

「ほんとうに陣中見舞と思っていたのですか」

「一度返されたということを社長から聞いていたが、どんな趣旨のものかわかりません」

「すると、陣中見舞いでないことはわかっていたわけですね」

「わかっていました」

「どのよう趣旨のものだと思いましたか」

「社長が話したのではいつまでもだまっているわけにいきませんが、ワイロかもしれないと思っていました」

営業課長もワイロの認識があったことがわかり、課長が二人の逮捕状を請求し、裁判官から逮捕状が発せられたため通常逮捕した。

能勢警部補は、引き続いて田中社長の取り調べをした。

「何か弁解することはありますか」

「ありません」

「弁護士を頼むことができますが、どのようにしますか」

「知り合いの弁護士がおり、その者に頼みたいと思っています」

取り調べが一段落すると、社長は刑事に連れられて留置場にいった。看守の身体検査を受けて所持品を提出し、鉄格子のある房に入れられた。留置場がどんなところか話に聞いたことはあっても、自ら入ることなんて想像したこともなかったに違いない。

房にはさげすんでいたどろぼうの先客がいた。

「あんたはなんで捕まったんだい」

大きなショックを受けていたため返事をすることができず、夕食を出されても口にする気にもなれず、さまざまなことが頭をよぎっていた。これから会社がどのようになるだろうか、取り調べがいつまでつづくのだろうか、そんなことを考えると暗くなるばかりであった。どのように考えても無罪になる可能性は少なく、刑務所に収容されないかどうかが気になり始めた。

会社では秋の慰安旅行が計画されていたが、社長と営業課長が逮捕されたため取りやめになった。社員の間にも動揺が広がり、会社の将来を気にして仕事が手につかないような社員もいた。

二人の逮捕はすぐには報道機関に発表されなかったが、一人の記者にかぎつけられてしまった。発表を迫られた広報官は能勢警部補に原案を書くように言いつけてきたが、捜査に支障があると思われることは伏せ、当たり障りのないことのみ発表することにした。

「山崎町小学校は県下でもっとも古い木造の校舎であり、老朽化がひどいため危険校舎に指定されていた。同町では町長を委員長とし、町議、校長、ＰＴＡ会長などで小学校改築委員会を発足させ、調査費を計上して改築計画に取り組んでいた。田中設計の社長は改築委員の委員であるＯ議員宅を訪れ、小学校の改築工事に伴う設計の指名契約などに便宜を図ってほしいと申し入れ、現金五十万円を議員に手渡した」

このように発表されたため、能勢警部補は記者から質問を受けた。

「Ｏ議員というのはだれですか」

「捜査上の都合で話すことができないんです」

これで記者が納得するわけではなく、根掘り葉掘り尋ねてきたが、捜査の協力者であったから名前を出すことはできなかった。

贈収賄の事件はめずらしいためか、翌日の各新聞が大きく取り上げていた。『小学校が汚職の舞台』という見出しのものもあれば、『学校を食い物』という見出しのものもあった。先に町の議員選挙でも大勢の検挙者を出しており、それと関連づけて記事にした新聞もあった。各紙を読み比べると報道の仕方が異なっており、記者の取材の能力に違いのあることもわかった。逮捕された田中社長と営業課長は実名になっており、警察の要望が入れられて大田議員が仮名になっていたが、地元の人には容易に想像ができたのではないか。

この日、田中設計の事務所と、社長と営業課長の自宅の捜索して多数の資料を押収した。

立ち会った社長の母親は、「せがれはまじめに仕事をしており、警察に逮捕されるような悪いことはしていないよ」と泣きながら訴えてきた。母親の気持ちは痛いほどわかったが、私情を差しはさむことができなかった。

逮捕の翌日、二人の身柄は検察庁へ送られ、検事の取り調べでもワイロを贈ったことを素直に認めた。裁判官から十日間の勾留が認められたため、能勢警部補が引き続いて取り調べをした。

「現金出納簿には、ワイロに使われていた五十万円の出金が見当たらないんですが」

「それはポケットマネーでした」

「いままで学校の設計をしたことがありますか」

「ありません」

「どうして学校の設計をしようとしたのですか」

「地元の小学校の改築ですし、公民館などの施設の設計をしてきたのです。設計にあっても建築にあっても地元の仕事をすると信用が得られるようになり、どうしても受注したかったのです」

「根回しはしていませんか」

「していません」

「県議会議員の海外出張に三十万円を贈っていますが、それは関係ありませんか」

「ありません」

「ワイロを贈るとき、役員会にかけたのですか」

「かけていません」

「専務さんには相談しなかったのですか」

「相談しません」

「すると、独断でやったということですか」

「その通りです」

「押収した資料を調べたところ、役員会にかけた形跡があるのですが」

「みんなで相談して決めたのです」

営業課長の取り調べは美山部長刑事が担当し、二人の供述に矛盾がないかどうか検討し、専務さんが打ち合わせに参加していたことがはっきりした。

そのために専務さんの逮捕状を得て通常逮捕し、取り調べをした。

「社長さんと共謀しているようですが、それに間違いありませんか」

「社長と相談して決めたことであり、間違いありません」

「常務さんも参加しているようですが」

「みんなで相談して決めたことですが、常務はその場にいただけで発言はしておりません。常務も逮捕されると会社の責任者がいなくなってしまい、なんとかしてくれませんか」

「会社の都合があるかもしれないが、わたしにはどうすることもできないんです。そのことは課長に報告しておくことにします」

専務さんは交通協会の役員をしていたため、顔見知りの警察幹部が多かった。留置場で窃盗の被疑者と同じ房に入れられると深刻な表情になり、逮捕されたことを実感したらしかった。

常務さんにも共犯の疑いがあったため、課長が担当の検事さんと打ち合わせをした。

「すでに事件の輪郭がはっきりしており、打ち合わせに参加していても発言がなくては任意の取り調べでいいのではないか」

このように指示されたため、常務さんは任意の取り調べとなった。

どのようにして犯行がなされたか明らかにするため、押収した資料の検討をした。飲食店の領収書はたくさんあり、市長村長や公務員などにもお歳暮や、お中元の名目で高価な品物が贈られていた。就職や入学や結婚などのお祝の名目で現金が贈られていたが、ワイロであるか社交的な儀礼の範囲のものかはっきりしない。

頻繁に利用していた飲食店を訪れ、どのように使われていたか真野刑事が調べた。

「田中社長さんがこの店を利用していたようですが、だれとやってきたのですか」

「だれと一緒だったか覚えていません」

このような返事をされるのは予想されたことであった。いずれの飲食店も似たような返事であったが、社長がどのように飲食店を利用して、どのくらいの費用を使っていたか明らかにすることができた。

押収した資料のなかには市長村長の家族構成などが記載されたものもあった。矢島町の町長には十万円の商品券、木戸村の村長には高価な絵画、羽川県議には海外旅行の餞別として三十万円が贈られていた。白井町の町長には陣中見舞として百万円が贈られていたが、これにはワイロの疑いがあった。

贈収賄の疑いのあるものは裏付けをとることにし、だれも受け取ったことは認めたものの、ワイロの認識を持った者はいなかった。田中社長がどのような目的で贈ったかわからないが、ワイロになれば双方が罪になることを知っていた。田中社長も受け取った町長も陣中見舞であると主張しており、決め手を見つけることができなかった。

汚職事件の捜査をしていたとき、森本さんから一つの情報がもたらされた。

「花田代議士が建設大臣になると、弟が花田設計を設立して市町村をめぐっては設計の受注をとっています。事務所を持っていないため下請けに設計をさせ、さまざまな名目で手数料を稼いでいます」

このようなことは想像できることであったが、事実関係を明らかにするのは容易ではない。森本さんからいろいろと情報が寄せられていたが、それはパクられた手形を取り戻すことができたお礼だったかもしれない。

逮捕された社長や営業部長の取り調べはほぼ終了したため、家族との面会が許された。営業部長の奥さんが面会にやってきたが、夫の顔を見たとたん泣き出した。話を終えたときポツリと言った。

「警察はもっと怖いところと思っていましたが、主人の話を聞いてホッとしました」

面会の立ち会いを終えて部屋に戻ったとき、能勢警部補は二人の部下から相談を受けた。

「あすの土曜日の午後、友人の結婚式に参加する通知を出しておいたのですが、課長から取り止めるように言われたのです。どうしても参加できないのでしょうか」

「捜査が一段落して家族との面会も許されているし、どうして休むことができないのか課長に聞いてやるよ」

能勢警部補は上司にもずばずばものを言うため、煙たがられた存在になっていた。

「あすの午後は休みのはずですが、どうして課員の結婚式の参加を認めないのですか。これは課長の命令ですか、それとも署長の命令ですか」

「本部から応援にきているからまずいんだよ」

「このことは本部の応援とは関係がないのではないですか」

「それでは、本部の人にわからないようにいってもらうことにするか」

このとき課長の本心がわかった。

汚職事件が検挙になったとき課長は大いによろこんでいたが、能勢警部補の抵抗をどのように受け取ったかわからない。

勾留が満期になると社長と営業部長が起訴され、引き続いて専務が起訴されたため、この贈収賄の事件捜査にピリオドが打たれた。

この事件は森本さんの協力なしには解決できなかった。能勢警部補は森本さんに捜査協力の依頼をしたこともなかったし、手形のことで相談されてから一度も会っていなかった。森本さんも仲間にばれないように気をつけていたらしく、一方的に電話連絡をしてきたから二人の関係はだれにも知られることはなかった。

田中議員は任意の取り調べとなって起訴を免れた。町長にもワイロが贈られているとのうわさがあったが、その事実を確認することができなかった。資料によって宮下測量が水道課長に高価な大島つむぎと三十万円の現金を贈っていることがわかった。お中元やお歳暮の名目になっていたが、ワイロの疑いがあったので身辺の捜査をした。

宮下測量は山崎町の簡易水道の仕事をすべて請け負っており、水道課長と密接な関係にあることがわかった。飲食店で飲み食いをともにしていたこともわかり、呼び出して事情を聴くことにした。

「あなたは水道課長の奥野さんですね」

「はい、そうです」

「いつから水道課長になったのですか」

「三年前からです」

「それ以前は何をしていましたか」

「水道課の係長でした」

「町と宮下測量とはどんな関係にあるんですか」

「係長になったときから町の簡易水道工事をやってもらっています」

「工事は入札が建て前になっていると思うのですが、どうして宮下測量だけに工事をさせているのですか」

「同じ業者に継続してやってもらう方が都合がよいため、以前から随意契約になっているのです」

「長男の入学祝いに学用品が贈られたことがありますか」

「ありました」

「どうして受け取ったのですか」

「前の課長さんにも贈っていると言われ、気軽に受け取ってしまいました」

「お中元として大島つむぎが贈られた話を聞いたのですが、そんなことがありましたか」

「ありました」

「現金を贈られたことはありませんか」

「ありません」

「資料が間違っているかどうかわかりませんが、宮下測量からお歳暮として三十万円が贈られたことになっているんですが、そのことに間違いありませんか」

このように尋ねるとだまってしまったが、やがて重い口を開いた。

「そんなことがありました」

「どうして受け取ったのですか」

「大金だったので断ると、『いつもお世話になっており、これはお歳暮だから受け取ってくれませんか』と言って無理やり置いていったのです。返そうと思っても返すことができず、生活費などに充ててしまったのです」

「そのほかには受け取ったことはありませんか」

「昨年もその前の年もお歳暮として三十万円を受け取っています」

「いつもお世話になっていると言われたというが、どういう意味ですか」

「はっきりしたことはわかりませんが、わたしが水道課長だからだと思います」

宮下測量と水道課の職員は身内のような交際をしており、課の旅行や懇親会があると酒やジュースなどが贈られていた。町長も宮下測量から選挙の応援を得ており、町と宮下測量が親密な関係にあることもわかった。

「宮下測量に簡易水道工事をさせるのはだれが決めるんですか」

「町長です」

「その事務をやっているのはだれですか」

「水道課長です」

「すると、入札にするか随意契約するか、課長の判断が作用することですか」

「それは町長が判断することであり、わたしにはわかりません」

「水道課長にお中元やお歳暮が贈られているのが慣例のようでしたが、お歳暮にしては三十万円が高額と思ったことはなかったのですか」

「深く考えたことはなかったのです。前々から随意契約になっており、引き続いて随意契約にしてもらいたいからだと思います」

奥野課長がそのように供述したため、宮下社長の任意同行を求めて事情を聴取した。

「奥野課長の長男の入学祝に何か贈っていませんか」

「学用品を贈っています」

「ほかの職員にも贈っていますか」

「贈っていません」

「奥野課長にお中元やお歳暮を贈っていませんか」

「お中元に大島つむぎを贈ったことがあります」

「現金を贈ったことはありますか」

「ありません」

「奥野課長はお歳暮として三十万円を受け取ったと言っているんですよ」

「贈っています」

「どうして奥野課長にだけ贈ったのですか」

「ふだんからお世話になっているからです」

「どのようにお世話になっているんですか」

「水道の工事をするときに、めんどうをみてもらっているからです」

「それではワイロみたいなものではないですか」

「山崎町とは長い付き合いがあり、そこまで考えたことはありません」

「今回の小学校の改築にからんで汚職の捜査をし、さまざまなことがわかってきたのです。お歳暮や入学祝を贈るのは社交的なこととされていますが、仕事に便宜を図ってもらったお礼とあっては罪になってしまうんです」

「引き続いて随意契約で工事を請負いたかったため、町長選挙のときに手伝ったり、水道課長には前々からお歳暮として現金を贈っていました」

水道課長はワイロであるかもしれないと供述し、宮下社長もしぶしぶと仕事に便宜を測ってもらいたいとの趣旨であることを認めた。

さまざまな資料を検討し、贈収賄が成立するとして逮捕状を請求することになった。

裁判官から逮捕状が発せられたため二人を逮捕して取り調べをつづけた。

水道課長が逮捕されたため、町長は職員を集めて訓示をした。

「課長の仕事は機敏で的確であり、仕事にも精通していたが同じポストが長かったので配置転換を考えていたところだった。信頼していた部下に裏切られてしまったが、みなさんはこのような不祥事を起こさないようにしてください」

町長と宮下測量の社長との関係を多くの職員が知っており、町長の訓示がどれほど効果があったかわからない。

宮下社長の取り調べがつづいた。

「吉田村の水道工事もしていますね」

「しています」

「吉田村の職員にはお歳暮は贈っていませんか」

「施設係長にお歳暮やお中元を贈っています」

「何を贈っていますか」

「電器製品などです」

「現金は贈っていませんか」

「平山係長には三年前から毎年二十万円ずつ贈っています」

「どうして贈ったのですか」

「引き続いて随意契約にしてもらいたかったからです」

「そのことを平山さんに話してありますか」

「とくに話していませんが、雑談などしていたからわかっていたと思います」

施設係長の平山さんを呼び出し、美山巡査部長が事情を聴取することにした。

「宮下測量と、どのような関係にありますか」

「村の工事をしてもらっていただけであり、特別な関係はありません」

「特別な関係がないといっても、宮下社長からは平山さんに三年で六十万円を贈ったことを認めているんですよ」

「あれはお歳暮でした」

「お歳暮に現金を贈る人はいないと思うのですか」

「お歳暮ということにしてくれと言われていたのです」

「ほんとうはどういうことですか」

「水道工事は以前から宮下測量にしてもらっており、入札が建て前になっていても継続性が大事なので、随意契約にしているからだと思います」

「随意契約にしてもらったお礼ということになると、お歳暮という名のワイロになるのではないですか」

「ほかのことは考えられませんね」

　ワイロとして六十万円を受け取ったことを供述したため、逮捕状を得て通常逮捕し、引き続いて取り調べをした。

「以前は建設省に勤めていたが、どうして村役場の職員になったのですか」

「建設省では転勤が多かったため、できることなら異動がない公務員になりたいと思っていたのです。そのことを父親に話すと友人の県会議員に頼んだようでした。村役場で建設の技術者を探していたため、県会議員の紹介で係長として採用されたのです」

「係長として何年になりますか」

「五年になります」

「どんな仕事をしていましたか」

「入札や工事の施工や監督などしてきました」

平山係長が逮捕されたために事務を代行する者がいなくなり、村役場では大いに業務に支障を来すようになった。

贈収賄事件にあっては金品の授受だけでなく、職務権限の有無が重要な要素になっていた。そのためにお歳暮や入学祝などの名目で隠れみのにすることが多く、贈収賄の立証をむずかしいものにしていた。関係者から事情を聞いても正直に話す人は少なく、押収した資料が決め手になって自白を余儀なくされていた。

町長が小山建設からワイロを受け取っているとのうわさが流れていた。それは貯水池をつくるために一般競争入札にするか、随意契約にするか検討するというものであった。小山建設の社長は山崎町の出身であり、町長と親しい関係にあったから小山建設に請け負ってもらうための工作であった。

建設業界に縄張りがあったわけではないが、地元の公共工事は地元の業者に請け負わせるのが業界のならわしになっていた。地元の工事をとれないと信用を失うことになりかねず、もっとも有利なのが小山建設であった。

町長の独断で決めることができず、小山社長に電話をして町役場にきてもらった。

「建設業界には談合があるが、町民に疑われないために一般競争入札の形式にしようと思うんだが、よい知恵を貸してくれないか」

「一般競争入札がもっとも公正なやり方と思っているようだが、これにはいくつも問題点があるんだよ。だれでも入札に参加できるとなると、もっとも安い価格で入札した業者が落札することになってしまうんだ。資本力がじゅうぶんにあったり、技術が整っていればいいが、工事が未完成のまま投げ出してしまう業者もいるんだよ。そのために過去の実績などを調べて健全な企業を選び、それらの業者だけを指名して競争入札にさせることが安全だと思うんだよ」

その意見を参考にすることにし、上原町長は指名競争入札にすることにした。

町では県内の中堅業者の調査をし、実績や資金力のある数社を選び出した。資格審査申請書が提出されて最低限の条件を満たしているかどうかをチェックし、パスした業者を有資格者として指名した。タテマエでは公正を装っていたが、小山社長の意見を参考にしていたことは秘められていた。

町から指名の通知を受けなければ入札に参加することはできず、通知を受けた業者は入札の一週間前に現地説明会に参加した。説明に先立って設計図と仕様書を渡し、それにもとづいて入札価格の積算をすることになった。

現地説明会に集まったのは五社であり、書類を見たり説明を聞いたりして価格をはじき出していた。建設材料費や労務費や下請けに出したときの費用などを総合し、これを入札価格とすることになった。

本気で落札する気でいたら真剣に質問するものだが、そのような者は見当たらない。発注する側もそのことに疑問を抱くことはなく、説明会が終わるとそれぞれが街の料亭に向かった。夕食をともにしながら雑談を交わしたが、だれもが考えていたのは入札価格がいくらかということであった。その価格を知っていたのは小山建設の相談役の花田さんだけであり、その場を仕切っていたのはベテランの営業マンだった。

入札には最低制限価格が設けられていたが、それはダンピング入札を防ぐためであった。慈善事業でないかぎり採算を度外視することはなく、工事が行き詰まったり、手抜き工事などを防ぐ目的もあった。

入札日に関係者が山崎町役場の会議室に集まり、あらかじめ用意してきた入札価格を書き入れて、封緘(ふうかん)された封書を係の人に手渡した。それには発注する金額などが記入されており、どの業者の入札も異なったものになっていた。小山建設を除いてすべてが予定価格をオーバーしていたため、そのときにすでに落札者が決まっていたことになる。

山崎町と小山建設の間で契約書が取り交わされ、工事の内容、請負金額などを書面に記載し、署名と押印して交互に交付した。町では工事の進捗状況を見たり検査をするなどしたが形式的なものであり、工事は着々とすすんでいた。

このようなときに森本さんから電話があり、小山建設の相談役の花田さんと奥野水道課長が密接な関係にあることを知った。夫婦なのか恋人同士かわかりにくいカップルがいたり、業者と公務員の関係もさまざまであった。はっきりしたことはわからなくても、ワイロで結ばれると特殊の関係が生まれるらしかった。疑いを抱くのは刑事の宿命みたいなものであり、それを晴らすために奥野さんの取り調べをした。

「小山建設の花田さんから長男の入学祝をもらったことはありますか」

「断ったところ、前の課長にも贈っており、そんなに気になさることありませんよと言われ、気軽に受け取ってしまったのです」

「お中元やお歳暮をもらったことはありますか」

「あります」

「前の取り調べのとき、どうしてそのことを話すことができなかったのですか」

「花田さんに迷惑をかけたくなかったからです」

「すると、お歳暮として三十万円を受け取ったのは間違いないわけですね」

「はい、そうです」

「どのような趣旨で受け取ったのですか」

「小山建設が請け負うことができたお礼以外に考えることはできません」

奥野課長がこのように供述したため、小山建設の相談役花田勇治さんの任意同行を求め、能勢警部補が取り調べをした。

「奥野課長が逮捕されていることを知っていますか」

「新聞を読んだからわかっています」

「奥野課長と、どのような付き合いがありましたか」

「仕事のことで何度か会っています」

「お中元やお歳暮を贈ったことはありませんか」

「ありませんね」

このように言ったときの花田さんの表情を見たが、とくに変化は見られなかった。

「ほんとうに贈ったことはないんですか」

「贈っていませんよ」

「奥野課長はお歳暮として三十万円の現金を贈られたと言っているんですよ」

「奥野さんがしゃべったのでは認めるほかありませんね」

「どうして贈ったのですか」

「平素お世話になっている人たちにはお歳暮を贈っています」

「みんな現金を贈ったのですか」

「奥野さんの家庭事情もあり、品物より現金のほうがよいと思ったからです」

ワイロであることは否定していたが、お歳暮名義で三十万円の現金を贈ったことを認めたため、逮捕状を得て通常逮捕した。

「弁護人を頼むことができますが、どのようにしますか」

「懇意にしている弁護士がいるから頼んでください」

このように供述したため、弁解録取書を作成し、読み聞かせたところ誤りのない旨を申し立てて署名指印をした。

「これからワイロを贈った容疑で取り調べをしますが、自己の意思に反して供述する必要はありません」

「はい、わかりました」

「学歴はどのようになっていますか」

「大学の法科を出ています」

「どのような経歴がありますか」

「大手の商社を定年で退職したため実家に戻り、知り合いの小山建設の社長に頼まれて相談役になったのです」

「奥野さんに贈った三十万円はほんとうにお歳暮だったのですか」

「そうです」

「お歳暮の時期にしては早過ぎるのじゃないですか」

「どのように言われてもお歳暮として贈ったものです」

捜索差押令状を得て小山建設の事務所と花田の自宅の捜索をして多数の資料を押収し、引き続いて取り調べをした。

「花田さんの屋敷は広かったし、たくさんの古木があったが、どんな家柄ですか」

「父親は村長をしたことがあり、むかしから町のために働いてきましたが、三年前に亡くなったのです」

「花田さんには、どのような趣味がありますか」

「カメラに熱中したこともあったが、いまはゴルフをやっています」

取り調べでは言葉が少なかったが、趣味のことになるといろいろ話すようになった。カメラは共通な話題になっていたが、ゴルフになると能勢警部補は聞き役にまわるばかりであった。

花田さんが依頼した弁護士さんが見えて接見室で話し合った。どのようなことが話し合われたか知ることはできなかったが、その後も否認の態度に変わりはなかった。

毎日のように取り調べをしていると、だんだんと花田さんの人柄がわかるようになった。雑談しながらワイロについて追及したが、お歳暮だったとの主張を変えることはなかった。

能勢警部補はゴルフには縁遠かったため、取り調べに役立てようと思ってゴルフの本を買い求めて読んだ。さまざまなことがわかったが、他のスポーツと大きく異なっていたのはレフリーがいないことだった。

「花田さんは、どのくらいのゴルフ歴があるんですか」

「やがて十年になりますが、うまくなれないものですね」

「いままではゴルフに関心がなかったが、花田さんの話を聞いているうちに興味を持つようになったのです。いま、ゴルフの本を読んでいるところですが、どのようにして勝ち負けを決めるのかよくわからないんです」

「ほとんどのゴルフ場が七十二ホールになっており、もっとも少ないストロークで回ったプレイヤーが勝つというゲームなんです。ゴルフのスコアはゴルファーが自ら記入することになっており、そのために審判員がいないのです」

「そのようなことをしたら、ごまかす者が出るのではないですか」

「それが他のスポーツと違うところであり、そのためにゴルフが良心的なスポーツといわれているんです」

「花田さんは奥野課長に贈った三十万円は、ほんとうにお歳暮なんですか」

「お歳暮でしたし、ワイロとは思っていませんよ」

「奥野さんはワイロと思って受け取ったと言っており、花田さんはお歳暮だと言っているんです。わたしにはどちらの言い分が正しいかわかりませんが、花田さんにはよくわかっていることではないですか。ゴルフが良心的なスポーツであれば、ゴルファーも正直であってほしいものですね」

このように追及すると言葉を詰まらせてしまった。

「返事ができないようだから、きょうの取り調べを打ち切りますが、よく考えて返事をしてくれませんか」

翌日、取り調べを再開した。

「きょうも返事をすることができませんか」

「弁護士さんと相談したいので呼んでくれませんか」

いままでは弁護士さんがやってきては話し合っていたが、花田さんから弁護士に連絡してくれとの申し出があったのは初めてであった。

弁護士さんが見えて接見室で話し合い、接見を終えたので取り調べを再開した。

「他人にウソをつくことができても、自分をだますことはだれにもできないことなんですよ。

花田さんが罪になるかどうかということより、どれが真実であるか、それを明らかにしたいだけなんです」

「取り調べられてもお歳暮と言い通してしまいましたが、ウソをつくのは心苦しいことでした。認めれば罪になることがわかっており、家名を汚したくなかったためにほんとうの話をすることができなかったのです」

「すると、三十万円はお歳暮ではなく、ワイロだったわけですか」

「弁護士さんに相談したら、それは花田さんが判断することだよ言われ、認めるほかないと思ったんです」

犯罪の捜査にしても取り調べにしても、犯人と刑事の戦いみたいなところがあった。取り調べる方が任意と思っていても、取り調べられる方は強制されたと思うかもしれないし、一つの言葉が相手を傷つけることもあれば逆のこともあった。捜査する方とされる方の立場は異なっていたが、お互いに人間であることに変わりはなかった。選挙違反や贈収賄の事件の捜査をして山崎町の一側面を知ることができたが、これは日本の政治風土に無関係ではないように思えた。

【著者紹介】
深沢敬次郎（ふかさわ・けいじろう）
大正14年11月15日、群馬県高崎市に生まれる。県立高崎商業学校卒業。太平洋戦争中、特攻隊員として沖縄戦に参加、アメリカ軍の捕虜となる。群馬県巡査となり、前橋、長野原、交通課、捜査一課に勤務。巡査部長として、太田、捜査二課に勤務。警部補に昇任し、松井田、境、前橋署の各捜査係長となる。警察功労章を受賞し、昭和57年、警部となって退職する。平成7年4月、勲五等瑞宝章受賞。
著書：「捜査うらばなし」あさを社、「いなか巡査の事件手帳」中央公論社（中公文庫）、「泥棒日記」上毛新聞社、「さわ刑事と詐欺師たち」近代文芸社、「深沢警部補の事件簿」立花書房、「巡査の日記帳から」彩図社、「船舶特攻の沖縄戦と捕虜記」、「だます人　だまされる人」「女と男の事件帳」「捜査係長の警察日記」「詐欺師たちのマニュアル」「犯人たちの黒い告白」元就出版社、「沖縄戦と海上特攻」光人社NF文庫
現住所：群馬県高崎市竜見町17の2

ザ・ドキュメント　否認

2015年11月28日　第1刷発行

著　者　深沢敬次郎
発行者　濵　正史
発行所　株式会社元就（げんしゅう）出版社
〒171-0022 東京都豊島区南池袋4-20-9
サンロードビル2F-B
電話 03-3986-7736　FAX 03-3987-2580
振替 00120-3-31078
装　幀　クリエイティブ・コンセプト
印刷所　中央精版印刷株式会社
※乱丁本・落丁本はお取り替えいたします。

ISBN978-4-86106-243-8　C0095